大陸新時期小說論

張　放著

東大圖書公司印行

國立中央圖書館出版品預行編目資料

大陸新時期小說論／張放著.--初版.
--臺北市：東大出版：三民總經銷，
民81
面；　公分，--（滄海叢刊）
ISBN 957-19-1388-X（精裝）
ISBN 957-19-1389-8（平裝）

1.中國小說—歷史與批評—民國
38-　年（1949-　）

827.88　　81000576

著者　張放
發行人　劉仲文
出版者　東大圖書股份有限公司
總經銷　三民書局股份有限公司
印刷所　東大圖書股份有限公司
地址／臺北市重慶南路一段
六十一號二樓
郵撥／〇一〇七一七五——〇號
初版　中華民國八十一年三月
編號　E 82061①
基本定價　伍元壹角壹分
行政院新聞局登記證局版臺業字第〇一九七號

ISBN 957-19-1388-X（精裝）

大陸新時期小說論

目次

寫在前面

一

中國大陸新時期小說，若用「百花齊放」來形容它，應該是非常恰當。小說在文學中佔有重要的地位。新時期的小說呈現出五花八門的面貌，從形式到內容都發生巨大的變化。求變、求新已成爲八十年代初期的大陸文學特色。當我於八十年代初，看了大陸小說，不禁大驚失色，我幾乎不敢相信自己的眼睛，但這卻是客觀的事實。我們可以肯定地說：新時期的中國大陸小說，將在我國新文學史上佔有重要的篇幅地位。

新時期小說有哪些顯著的變化？

一是改換了過去「千人一面」的工農兵形象。如今寫工農兵，他們有思想、情感，有弱點也有優點，有功績也有缺失，這是小說創作上最大的突破與進步。

二是敢於承認自己錯誤政策，同時也敢於大膽批評。如〈陪樂〉批評土改時期劃階級成分的不科學；《釣龜記》批評幹部的蛻化變質；《厚土》批評農村幹部的老粗蠻橫作風等。

三是在處理異性關係上，有了深入細緻的描寫。不像過去的小說，遇到男女愛情，皆以蜻蜓點水式應付了事。

最後是從形式和內容上，小說呈現多樣化、各項流派的嘗試寫作。這是有一定的缺點。但在小說創作上而言，它是繁榮的現象。

我常認為中國大陸的小說作品，大多具有濃重的民族風格和鄉土氣息，這是從五四以來創造的光輝成果。

二

過去四十年來，海峽兩岸處於敵對狀態，文學工作者自然隔膜而疏遠。即使偶而讀到一些大陸作品，但是因為社會制度、經濟結構不同，讀起來也會感到茫漠不解。總的來說，四十年的民族分裂而產生的隔膜，對於整個中華民族而言是一場空前的悲劇。

魯迅說過：「人類最好是彼此不隔膜，相關心。然而最平整的道路，卻只有用文藝來溝通。」從八十年代起，臺灣各報紙副刊、文學刊物開始發表、介紹大陸的文學作品，受到廣大文學青年的矚目，同時臺灣各大學文學科系、各文藝社團也展開了對大陸文學的研究與討論。這對於促進海峽兩岸的文化交流，化解民族隔膜，促進民族團結，具有積極的影響。

近十年來，臺灣刊載大陸的小說、以及出版大陸小說作品最爲暢銷。造成暢銷的主要原因，一是小說最能具體地反映出人們現實的生活狀況，傳達現代人的思想與感情；其次是經過長時期的隔絕與分離，住在臺灣的外省同胞，對於故鄉的一切都懷抱著極其關注的情感，而通過小說才可以眞正嗅得到故鄉的泥土氣息。我是小說作者，當然對於大陸的小說作品具有濃厚的喜愛之情。當我看過不少所謂新時期文學小說作品以後，一則以喜，一則以憂；喜的是自從改革開放，文學作品有了顯著的變化，許多小說具體地紀錄了時代的烙印，忠實地表現出炎黃子孫的歡樂與悲哀情感。老實說，文革以前的小說，如《暴風驟雨》、《太陽照在桑乾河上》、《林海雪原》、《青春之歌》、《保衛延安》、《香飄四季》、《紅旗譜》等，我曾細讀過。儘管從字裏行間感觸出文藝政策的限制，但這些仍不愧是優美眞摯的文學作品。契訶夫說：「文學家不是糖果販子，不是化妝專家，不是給人消愁解悶的，他是個負著責任的人。」若是老把小說家當吹鼓手、唱喜歌的工具，怎會產生偉大的震撼人心的作品呢？新時期的小說，由於衝破了過去的條條框框，寫作上比較開放自由，因而確實出現了一些優秀的小說作品。這是十分可喜的現象。可是由於少部分的小說作家，爲了迎合讀者胃口、爭取市場銷路，甚至盲目追求西方的寫作形式，把大陸文壇攪得烏煙瘴氣。爲了幫助文學青年正確地認識新時期小說作品，爲了給大陸上的文學評論家、小說家提供具體意見，促使我開始對新時期小說研究的興趣。

首先必須要向讀者說明，我來研究和評論大陸八十年代小說，並不是完全正確。一則文學水平低；二則對於海峽對岸的文學發展趨勢，畢竟瞭解不够細緻深入，難免發生隔靴搔癢的錯誤。

這裏恕我說出一個事實：據大陸統計，十年以來，大陸刊載臺灣文學的雜誌有七十多種，有十多家出版社出版了臺灣一百五十多位作家作品。「人民文學出版社」出版了《臺灣小說選》、「福建人民出版社」出版了《臺灣小說新選》、復旦大學出版社出版了《臺灣小說選講》，「中國社會科學出版社」的張葆辛也編了四卷本《臺灣作家小說選集》；至於大陸十年來出版的臺灣小說研究專書，如封祖盛《臺灣小說主要流派初探》、汪景壽《臺灣小說作家論》等，我都曾先後翻了一遍，恕我說句冒昧的話：儘管這些文學評論家付出了心血勞力，爲研究臺灣小說作出貢獻，但是他們的成果是微不足道的。正如同瞎子摸象，根本摸不出象的原始面貌。

我不必列舉大陸文學評論家對臺灣小說的片面認識，以及他們根據美國一、二位學院派的「現代文學評論家」的作品轉引過來的錯誤評論。試想在文學商品化的社會，文學的好與壞、美與醜，已經混淆不清，眞僞難辯；何況海峽兩岸還存在著長達四十年的隔膜，那猶如一團亂絲，若把它整理出有系統有條理的史料，怎是一樁容易的事？

去年多天，在一次文化座談會上，我聽到大陸報告文學作家祖慰說：「我從巴黎來臺北已經四天了。四天之中，我馬不停蹄到處參觀訪問，如飢似渴想吸收點新的文化；但是我非常失望，我認爲臺灣沒有文化，如果說它有文化的話，那是大金牙文化。……」

祖慰是一個作家，年紀比我年輕十幾歲，他的批評是坦率而誠摯的。他是愛之深、責之切，發自內心的話。但是我卻按捺不住，站起來駁斥他說：「你來臺北四天，看得如此淸楚，實在佩服。你比我這個在臺北住了四十年的人還有發言權。不過，看任何事物不能只看片面，應當看全面；不要只看現象，應該去探求本質……如果臺灣沒有一點文化，臺灣經濟奇蹟是怎麼發展出來的？難道我們是靠買股票、買彩劵發的財嗎？……」

我所以要提起這件不甚愉快的往事，便是藉此對於十年來研究臺灣文學的大陸評論家提出意見，若正確地評論臺灣文學作品，應該客觀地研究各種文學作品。你們不能只知道白先勇、陳若曦，甚至於梨華；當這三個小說家開始摸索習作，陳紀瀅、王平陵這二位老作家已經馳名中外了，爲什麼大陸的「臺灣通」卻不提陳、王二人，這怎麼會讓人心服？這種研究臺灣文學的成果豈不是徒勞無功嗎！

但是當前大陸上的文學評論家，大多數還具有公正客觀的態度。我認爲作家、翻譯家畢朔望的一番話，最獲我心。他說：

臺灣文學介紹還應更全面、更深入，三十年代日據時期的新文學要介紹，五、六十年代的「反共文學」也要介紹。旣是文學現象，就有瞭解和研究的必要。兩岸作家都有成功的經驗，多借鑒、多交流，有好處❶。

大陸的小說作品，一般地說，生活氣息比較濃厚，在語言與詞彙的使用上具有民族風味，這是臺灣小說所難以相比的最大優點。臺灣小說的西化色彩比較重，詞彙也明顯感到不足，若是解決此一問題，有效的使用方言，比生吞活剝的轉引西方詞彙更為高明，這是不容辯論的事實。早在半世紀以前，周作人就說過：「我覺得現在中國語體文的缺點在於語彙之太貧弱，而文法之不密還在其次，這個救濟的方法當然有採用古文及外來語這兩件事，但採用方言也是同樣重要的事情。」❷新時期的大陸小說，有些新生代作家揚棄了傳統的優點，卻盲目地模倣西方小說的技巧與詞彙。如孫甘露的〈訪問夢境〉與〈信使之函〉，殘雪的〈公牛〉和〈蒼老的浮雲〉，他們使用的莫名其妙的文字，荒謬絕倫，簡直到了令人噴飯的地步！這是中國大陸文學史上空前的現象。

現在，我姑且舉出兩段小說文字，提供參閱：

我對令人豔羨的舞步，素來缺乏記憶。信使的雙腳因刻意的行走而被規範至循規蹈矩

❶ 引自彭韻倩〈臺灣文學研究綜述〉，《文學評論》一九八八年第三期。
❷ 周作人〈歌謠與方言調查〉。

的一往直前，致使將略加變幻的迂迴摸進視作內心圖案的晦澀的翻版。

（孫甘露〈信使之函〉）

當海洋微微蠕動起來時，我把背部露出水面，灼熱的強光擴張著我的心臟。我翻過身來，尋找那面鏡子，在疾速的一瞥中發現自己的眼睛變成了兩朵紫羅蘭。白鯨的沉思是永恆不破的，破冰在遠方撞擊……

（殘雪〈我在那個世界裏的事情〉）

在寫實主義的領域內，沒有生活卽沒有創作，這是通過檢驗而獲得的文學理論。左拉說過：「有些小說家甚至在巴黎生活了二十年，卻仍然是個外省人。他們對自己鄉土的描繪方面是出色的，但一接觸到巴黎的場景，便寸步難行了。」一個小說家應當寫自己最熟悉的生活。若是盲目追求新形式，寫出莫名其妙的東西，作者的創作動機，讀者大概也會明白：他們是爲了投機取巧、走捷徑、騙稿費，矇蔽廣大的青年讀者。十年風水輪流轉，六十年代臺灣文學界的歪風，如今已吹向了中國大陸，這實在是值得深思的課題。

三

七十年代初，我住在新店溪畔一座鴿籠小樓，看到浩然的《豔陽天》。文革時期，浩然紅得發紫，所謂「魯迅走在金光大道上」，便是除了魯迅著作，就是浩然的描寫兩條戰線、兩個階級鬥爭的長篇小說《金光大道》和《豔陽天》。這兩部書我都曾通讀一遍，小說人物塑造和故事結構還是很嚴謹的。只是政治意味稍濃些。

那晚，窗外飄着淒冷的雨絲，內心惆悵至極。我打開《豔陽天》，看到代表「兩個階級」的農民，正在擡槓，充滿了火藥味。

「咱們是雲南的老虎，蒙古的駱駝，誰也不認誰！」

「栗子花生一盤端，一個長在樹上，一個生在地裏，咱們就從來沒有連著根兒！」

也許當時我的情感比較脆弱，也許我有些敏感，這些話竟然逼得我熱淚盈眶。那時我和海峽彼岸的兄弟尚未聯絡。這種「本是同根生，相煎何太急」的語言，使我感到非常失望！縱然我們有些政治觀點不同，但是對於擁有數億農民同胞，我們同樣巴望他們早日摘下一窮二白的帽子，受不到自然災害苦難。當五穀豐收的季節，每個農民都捧著盛滿魚肉的飯碗……

若想使中國農民擺脫窮困的面貌，首先便是節育問題。六十年代初，馬寅初曾提出人口膨脹的嚴重性。當時在人多好辦事的最高指示下，否決了馬寅初的遠見。這是一項最大的錯誤。人口的繼續膨脹，造成中國農村的一窮二白，永遠無法翻身。

有一篇張石山寫的短篇小說〈村宴〉，描寫太行山區青石溝的農民張三貨，因爲兒女眾多，生活艱難，公社化時期便已淪爲「賊人」，實在讓人心酸難過。

> 賊人鍋三，大名張三貨。……三貨原先並不偷，只伏倒身子下死力，將一口背鍋愈養愈大。不料他娶得一個老婆是隻母豬，八、九年間就給他下出十來個小崽子來。……十來個孩子，肚裏懷著一個，懷裏奶子上吊著一個，背上還掛了一個，屁股後面蛤蟆卵似的擠了一堆……

張三貨所以淪爲「賊人」，主要的還是孩子多。人口眾多造成了貧窮與落後。目前中國大陸國民收入平均只有三百美元左右，屬於世界窮國之列。究其原因，人口實在太膨脹了！

> 正是一九六〇年，人人挨餓，大家素日看不上眼的賊人鍋三活活樹起來一個榜樣。要

一張浮腫了的面皮，倒不如做一名飽賊。民兵看場偷場，幹部管庫偷庫，社員羣眾秋收偷秋。鍋三一窩小崽兒，會走的，不會走的，似會走而尚不會走的，整日鑽在玉米地裏啃生棒子。

我國是一個農業爲經濟基礎的國家，從北伐以來，全國上下共同的願望，就是解決農村的貧窮落後的面貌。文學小說是現實社會的具體反映，因此過去四十年來，我對中國大陸的以農村作背景的小說，看得不少，也比較熟悉，因爲我來自農村，對於土地具有血濃於水的感情。我讀了浩然的《豔陽天》長篇小說，感到沉重、失望。若想讓農民生活改善，應該節育、全面推展農業機械化，提高生產力才是正途，總是搞階級鬥爭運動根本解決不了難題。

我所以不厭其煩地提及農村問題，就是說明我曾帶著謙虛的心情去讀海峽對岸的文學作品，我並沒有懷抱著過分的偏見或固執觀念。何況我也是一名小說作家，我所瞭解的一點淺薄文學理論，也是通過長期的實踐而摸索得來的。

我當覺得看小說就像品嘗食物一樣，各有喜愛。住在非律賓棉蘭佬島，吃螃蟹和榴槤既便宜又營養。但是我絕不碰它。螃蟹吃起來非常麻煩，用刀叉我不會，下手去抓剝來吃，常會把手指嘴唇刺破，惹來煩惱。榴槤的味道，比臭腳丫子還令人作嘔。有一年去印尼旅行，不幸吃了兩口，其臭無比，印尼民間流傳榴槤是三保太監鄭和的糞便，這笑話編得有理。新時期的中國大陸小說，我確實看過很多，有不少也像吃榴槤似的，看了一肚子冒火，而且懊惱不已。坦白的說，我讀王蒙、莫言的小說就是這種感受。讀韓少功的中篇小說〈女女女〉，和吃螃蟹差不多，剝了半天，塡進嘴裏的只是扎舌頭的殼兒。有時看了半天，頭暈眼花，咱就是猜不透作者說的啥？你說急人不急人？請看：

> 牆垮了，地震了，縱使每一頁日曆都是千萬人的忌日，縱使每一條道路都沒有終點，縱使禁錮和放縱都行將變質，但難道不因此而覺得岩層中滲出的回答甘之如飴？難道不覺得有幸生於斯長於斯那雪崩的記憶和咆哮的理想將永遠不再離去不再離去並能夠拯救每一個自己？善男子善女人在殘碑上歷歷在目以沉默宣喻萬世之箴言一切播種都是收穫不是收穫一切開始都是重複不是重複眞正的死亡從來存在不存在於人於獸於雷電冰霜於金木水火土那長出了青苔的隆隆人類之聲你將向哪裏老黑你將向哪裏將向哪裏？

雖然我看不慣這樣的小說作品，但是欣賞者大有人在，據說這種文句最適合西方人的口味；猶如喜愛螃蟹、榴槤的食客，遍及南洋各地。它並不因爲我一個人的憎惡而貶低了它的價值，這是我必須向讀者們說明的客觀事實。

八十年代是中國大陸文學花園錦簇的時代，我所以想寫一些評介文章，也就是由於我看了不少小說，藉此表達我的心得而已。當然我有自己的偏愛，這是必須表白的話。而我選出的這些小說，並不能代表新時期小說的成果。

許多青年小說家，近幾年來敢於衝破傳統的束縛，深刻暴露農村的不正之風，這是新時期小說的最大特色。蕭乾在題爲〈這十年〉的雜文中曾說：

近讀賈平凹的小說《浮躁》，其中寫了一個正直、勇敢、奮發有爲的鄉鎮青年記者金狗，由於揭發鄉黨委陰私而以寃案鋃鐺入獄。最後寃獄終於平反了，然而靠的卻是金狗的情人石華忍痛跟一位高幹子弟睡了一覺，走了後門。多麼深刻而辛辣的諷刺啊❸！

類似這種幹部利用特權，強佔百姓婦女的惡行，早在土改時期便已發生。不過沒有小說家敢寫而已。賈平凹的短篇小說〈王滿堂〉，便是例子。王滿堂土改時期鬥爭地主李百發，非常積極，同時他也把李百發的老婆「放倒在了石堰背後」。他的想法好像很正確，「操歸操，鬥還是要鬥的」。後來那個獻了身體而得不著好處的「地主老婆」，跟他接吻時，咬下他的舌尖，從此王滿堂口齒不清。文化大革命時期，那個「地主老婆」已老得非常難看，「眼紅得像爛桃，解了

---

❸ 蕭乾這篇雜文發表在《光明日報》，一九八八年十二月二十九日。

懷捉虱」，王滿堂內心感到好生疑惑，「想不來當年怎麼就熱黏了她，石堰背後的地多潮，把他鋪在身下的棉襖都弄髒了。」

柏原的短篇小說〈背耳子看山〉，那個叫田登祥的隊長，每當日落西山時，爲了防止農民偷洋芋，他一定搜身子，而且專愛搜摸女人的身體。田登祥時常命令背耳子晚上去「看山」，爲的想和背耳子老婆「睡覺」。在那飢荒的年景，農民都缺少糧食，有一天夜晚背耳子帶了兩個小兒去地裏偷洋芋，爲的吃飽一頓。誰知這回才發現祕密，而且是兩個兒子親眼碰到的。

> 老大老二擡著洋芋口袋回到土莊，敲門敲不開，喊幾聲媽才喊開。進了院發現二杆杆隊長從爸和媽睡的窯裏出來，還在繫鈕扣。
>
> 隊長看見哥倆擡着一條重口袋，既沒驚訝也沒吱聲，只是用手捏了捏，又在哥倆天靈蓋上各拍一記，大咧咧地走了。

類似這種搞特權的不正之風，古今中外遍地皆見。文學是現實生活的具體反映，反映出來總比隱瞞的好，這是客觀的事實。若是像過去一樣，將工農兵的弱點暴露出來，便是破壞了工農兵的光輝形象，文學淪落爲政治宣傳的工具，那怎會獲得蓬勃的發展？

第一章 農村小說的豐收

過去，中國大陸以農村作題材創作的小說，最爲出色。中國是一個農業國家，佔全國人口的百分之八十的農民，確是小說家取之不盡、用之不竭的創作源泉。四十多年來，出現了不少具有農民感情與農村氣息的小說作品；但是由於文藝教條的影響，也呈現概念化、公式化、雷同化的缺點。文革時期發行遍及全國的農村題材小說《豔陽天》和《金光大道》，成爲一枝獨秀，這是值得批判的政治干預文藝的事實。

當時以農村作題材的小說結構，在文藝政策指導下，呈現出下面的圖解公式：

土改之後，兩極分化；

英雄人物，積極辦社；

貧農踴躍，中富致富；

地富反壞，村幹自發；
書記領導，發動羣眾；
團結中農，社如朝霞。

新時期的農村題材的小說，擺脫了過去的條條框框，客觀地寫出了農民的饑餓和困難，具體地表現了我國廣大農民的痛苦和不幸的遭遇，因而產生了不少優秀小說作品，這是值得喜悅的藝術成果。

我從八十年代起搜集大陸小說，讀到了正確反映出大躍進後困難時期的農村情景，不時熱淚盈眶，悲從中來。茹志鵑的〈剪輯錯了的故事〉，甘木公社的老壽，看到鄉親每天只能吃八兩糧食，堅決抵制上繳糧食。但是甘書記爲了表功，爲了粉飾畝產一萬六千斤的謊言，堅持把四車糧食運走。老壽不禁對現實產生了疑問，「總覺得現在的革命不像過去那麼眞刀眞槍，幹部和老百姓的情分，也沒過去那麼實心實意。現在好像摻了假，革命有點像變戲法。」

海明威說：「作家應該像上帝的教士一樣，要眞誠，更要誠實。」小說家如實地寫出困難的三年期間，挖野菜、啃樹皮，每個農民臉上都呈現出黃裏透綠的浮腫。這種悲慘的事實，若是在文革時期甚至文革以前是不能寫出的，但是八十年代卻發表了，這是文學上的最大變革。

讀了張一弓的〈犯人李銅鐘的故事〉，是多麼震撼心弦啊！

銅鐘走到寨門外，他看見一個無聲的人羣正在北山腳下緩緩移動著。有人背著鋪蓋，有人挎著籃子，頂著刺骨的寒風，踏著積雪的山路，移動著，吃力地移動著。……鵝毛雪片在風中狂舞，淹沒了逃荒的人羣。據喇叭碗裏的氣象預報：今夜大雪，北風七級，最低溫度零下十五度。想著那個小車站上的逃荒社員，李銅鐘心裏結冰了。

這個滿腔眞誠和熱情的李銅鐘，爲了救助鄉民，先宰了自己的牛，每人分了九兩三錢肉，接著又去勸說管倉庫的朱老慶幫忙開倉。李銅鐘卻因而被捕入獄，死於黃疸性肝炎。請看這個「犯人」的心靈深處的情感吧，這就是他搶糧救人「犯罪」的動機：

李銅鐘啊，在社員們七天沒吃一粒糧食子兒以後，你有什麼辦法使他們免於死亡呢？你能叫麥苗兒今天夜裏就起葶兒、明天清早就揚花兒、不到晌午就結子兒嗎？你能叫「反瞞產」反走的十萬斤糧食長上腿，回到李家寨嗎？你能對社員們說，民國三十一年的經驗證明，北山褲襠溝裏的白甘土可以當糧食吃嗎？要不，你就狠狠心，說，鄉親們啊，可憐我這個一條腿的人沒能耐，挑不動這副擔子，請大家掂上打狗棍，自謀生路去吧。然後，你把一級殘廢證裝到玻璃框裏，用竹竿兒舉著，領著婆娘、娃娃，去榮軍休養所要碗飯吃吧。

長期在農村生活的作家高曉聲，深入地探討了農民在一連串運動中遭受的痛苦，寫出了〈李順大造屋〉、〈漏斗戶主〉等短篇小說，爲新時期文學放出燦爛的花朵。

李順大從四十年前便夢想建造三間屋，但是總辦不到。土改時分到了田，卻沒有分到房屋。後來大躍進時期他把自己弄來的建築材料，全部獻給了社，而李順大全家卻搬進了「豬舍」去住。文革時期，李順大不但沒有買到建房材料，反而因爲歷史成分問題坐了牢。從此，這個農民變成了逆來順受的人，學會走後門，也懂得跑黑市買磚頭，最後終於蓋起了三間屋，但已是三十年後的「新社會」了。

高曉聲創造的李順大、陳奐生這樣的農民，雖然不是高大完美的英雄人物形象，但他們卻是有血有肉的農民。若是以簡單的、形而上學的人物分類法是違反科學原則的。因爲英雄是人，不是神仙，卽使他有一些缺點，但仍不失爲英雄人物。莎士比亞悲劇人物李耳、奧塞羅、馬克白、哈姆雷特等人都是英雄，他們都有不同的缺點，偏心、固執、優柔寡斷，後來因而導致了他們的失敗，然而他們在廣大人民心目中依然是英雄人物。一九六二年八月召開的農村題材短篇小說座談會上，邵荃麟提出「寫中間人物」的主張，就是爲了避免把農村人物寫得概念化、公式化、雷同化。這是値得深思農村人物創作問題。

邵荃麟說：

最近幾年，創造的人物絕大部分是先進人物，倔強的老頭，生龍活虎的婦女，生氣勃勃的青年。強調先進人物、英雄人物是應該的，英雄人物反映我們時代的精神。但整個來說，反映中間狀況人物的比較少。兩頭小中間大，好的壞的人都比較少，廣大的各階層是中間的，描寫他們是很重要的，矛盾往往集中在這些人身上。

後來，邵荃麟的「寫中間人物」受到嚴重批判，竟然死於牢獄。但這畢竟是一去不復返了。如今，新時期創作的農民李順大、陳奐生，這些都是隨時碰到的農民，他們樸實、善良，老實得像榆木疙瘩一樣。有時做了一點違反紀律的事，心裏一直嘀咕不止，甚至晚上還做惡夢。我們看了李順大的三十年造屋史，內心應該發出什麼感慨呢？放眼世界五大洲，哪一個比得上如此忍耐、刻苦而具有韌性的民族？是國家對不起李順大，還是李順大對不起國家？陳奐生，這位忍受了十年的侮辱和饑餓的農民，永遠自尊自愛，任勞任怨，爲了那茫漠的幸福遠景而勞動下去。是陳奐生沒有愛國？還是國家並沒有眞正愛護了這個樸素而勤勞的農民？我讀過這兩篇小說，噙著滿眶熱淚，實在講不出眞實的答案來。

周克芹的長篇小說《許茂和他的女兒們》，是以一九七五年冬季，也就是最黑暗的歲月末期作背景，描寫四川農村發生的思想與路線的變化。小說中的重要人物許茂，在性格上刻畫非常成功，而且感人，寫四姑娘、金東水也富於人情味，讓人讀後低徊不已。爲了這部以農村作題材的長篇小說，老作家周揚、沙汀還通信討論過❶。

作者年僅四十多歲，雖然有些地方稍欠圓熟，但總的來說〈許茂和他的女兒們〉的藝術成就是可喜的收穫。

喧鬧嘈雜的聲音，車水馬龍似的人羣，這一切都遠遠地拋在他們身後了。這會兒，四姑娘感到：世界上彷彿只有他們一行四人了。

在這連雲場的街頭，她手臂上挽著個背包，牽著小長秀，一旁走著長生娃，身後跟著老金。這個情景，可以說是一分宣言書，在向全世界宣告：一個新的家庭組織起來了！從此以後，葫蘆壩上這幾個被生活拋棄的人，又有了歸宿。一場重建家園的艱辛而甜蜜的事業從今天開始！

四姑娘領著這支隊伍，昂然走著。她既不顯得羞怯，也沒有表現出半點驕矜，更無所懼怕。她的目光平靜得像一彎秋水，憔悴的雙頰抹上層淡淡的紅暈。

---

❶ 周揚、沙汀〈關於「許茂和他的女兒們」的通信〉，《文藝報》一九八〇年第四期。

新時期的以農村作題材的小說《黃河東流去》是李準的力作。李準在這部小說描寫的農民，如李麥、徐秋齋、老清、長松、藍五、王跑、梁晴、愛愛等人，在黃河決堤的空前災難中，爬上木筏，逃離了苦難的故鄉，他們猶如「抓地錦」似的找到一角陽光和土壤，便紮下根去默默生存下去。這種韌性的生命力，便是中國農民所以綿延和繁衍的基本力量。正如同這部長篇小說女主角李麥的話：「一個人來在世上，就得剛強地活下去！天不轉地轉，山不轉路轉，光景總有轉變的時候。人一輩子長著哩，日子比樹葉還稠，總有轉好年景的時候。」李麥的這番話，代表了我國農民的堅忍與智慧的美德，這是通過長期的苦難歲月鍛鍊而成的獨特性格。

李準是一位優秀的寫實主義作家，由於他長期深入農村，對於在苦難歲月中生活的農民感情，非常熟悉，所以他才寫出如此感人的災難年間的婚禮情景：

鳳英低著頭，輕輕地叫了一聲「嬸子！」正要跪下叩頭，李麥把她一把拉起來，緊緊握住她的手說：「閨女！這是啥時候！哪有那麼多禮數！就這樣，咱娘兒的命還不夠苦嗎！」李麥就說了這一句話，鳳英眼中兩行淚，「唰」地一下子流出來了。才開始還是抽抽咽咽，接著便伏在李麥身上嗚嗚嗚地哭起來。

馬槐在一邊掉淚，王跑在擦著眼睛，楊杏、愛愛、雁雁和玉蘭等幾個閨女都在旁邊傷心地哭起來。

李麥也止住了淚，她苦笑着說：「咦！咱們今兒個是幹啥哩！大小是個喜事兒啊！」她又吩咐愛愛說：「愛愛，把你新嫂子領到你家窩棚裏，打盆水先洗洗臉，我跟你大爺說會話兒。」鳳英有生以來，第一次被人叫作「嫂子」，她忽然感到自己成「大人」了。

八十年代以農村作題材的長篇小說《古船》，描寫重大的歷史場面爲土地復查運動。張煒以飽滿的熱情刻畫出四十年山東農村的畫卷，由於左傾錯誤政策，使無數樸實善良的農民葬身在褐色的苦難大地。《古船》的重要人物隋抱樸，由於出身資本家家庭，他猶毅、孤寂，缺乏行動性；但他卻是一個人道主義的信奉者，他對現實的一切依舊愛憎分明，看得非常清楚，他最恨的則是「暴力」。從這段獨白可以看出他心底埋藏着一團熾烈的感情：

人哪，你到底能走多麼遠？就一直走下去嗎？讓人最害怕的不是天塌地陷，不是山崩，是人本身……洼狸鎮曾經血流成河，就這麼白流了嗎？就這麼往鎮史上一劃結了嗎？不能，不能，不能輕易忘記，得尋思到底是爲什麼。……人在別處動腦子，造出了機器，給馬戴上了籠頭，這都不錯。可他自己怎麼才能擺脫苦難？他的凶狠、殘忍、慘絕人寰，都是哪個地方、哪個部位出了毛病？

這些話讓我這個山東人讀後不禁毛骨悚然，直想抱頭痛哭！近百年來，山東農村是天災、兵禍頻仍，不少農民背起行囊，出外逃荒。爲什麼作爲解放人民的幹部，卻是「凶狠、殘忍、慘絕人寰」呢？隋抱樸的疑問，哪個地方、哪個部門出了毛病？不僅他不明白，甚至當時連執行政策的也不明白，這便是中國農民的悲哀。

《古船》中的隋抱樸，他不瞭解爲什麼看到的是流血與暴力，他只有發出悲嘆的聲音：

> 先別忙控訴，別忙哭泣，先想一想到底是爲什麼吧。不會同情，不會可憐人，一個老太太吃糠咽菜活到八十歲，正該是爲她祝壽的時候，卻用刀尖撬開了她的鎖子骨又把她活埋到紅薯窖裏！人哪，人哪，這就是在人羣裏發生的！老太太沒有一點錯誤，活得老老實實，吃穀糠時，裏面的蟲子又白又胖，不捨得扔，一塊煮了。假如她眞有錯，八十歲的老太太又怎麼不能原諒？她爬了一輩子，再有幾尺遠就爬到頭了，怎麼能不高擡貴手讓她再爬一會兒，爬到頭？

誰能說隋抱樸的話不對？但是在當時錯誤的政策下，任何一個人說出同情的話，便是犯了錯誤。因此，在那烏雲蔽日的年代，人命如草芥，張煒以雄偉的魄力，史書般嚴正的態度，寫出了中華民族的苦難歷史。

趙炳濶大的手掌抖了抖，咬著牙說：「天災人禍，冰上落霜，洼狸鎮許是到了氣數。」說完把頭偏向空中，兩眼閃著淚叫著老婆的小名說：「歡兒，你要去，就自己去吧，趙炳夫妻一場，對不起你了！家事公事，不能兩全，高頂街有人倒懸樑上，危在片刻。……」說完掄衣在地，拖上李其生女人的手就走。……

當夜，四爺爺趙炳光光的脊背上吐滿了李其生的血——李其生是被四爺爺背回來的。歡兒死了，死的時候手裏緊緊握住了趙炳的一頂舊帽子。趙炳想從她手裏取出，但已經是握得死牢。

這部長篇小說在人物性格上雖有瑕疵，但它卻是樸素的、寫實的，具有中國特色與風格的小說作品。作者張煒的知識比較廣泛，如寫張王氏的請客，表現出作者對烹飪的專業知識。同時作者對於醫藥知識也很豐富，這是《古船》寫作成功的因素。

近幾年來以寫極短篇崛起的小說家曹乃謙的小說，我認爲這是海峽兩岸極短篇的最大收穫。曹乃謙的小說，每篇只七八百字，短小精悍，邏輯性嚴謹，尤其是他那濃重的山西土話，實在讀來過癮。他因爲長期在農村生活，對於農民的生活、思想與感情，瞭解入微，因此他的《到黑夜我想你沒辦法——溫家窰風景》（五題），是中國大陸新時期文學的成果之一。我認爲像這種優美眞摯的極短篇小說，應該介紹到海外去，這才是具有中國文學特色的藝術珍品。

曹乃謙的〈親家〉，描寫一對農民新婚夫婦，剛天亮不久，聽得外面毛驢「吹吹」的吼聲。原來親家來接女兒回門了。黑旦——這個純樸的農村小伙迎出去，一面吩咐新婚妻子掏個鷄，他再去外面買酒款待親家。作者寫道：

「親家，」黑旦親家說黑旦：「我帶來一瓶。每回淨喝你的。」

「球，咱倆還分啥你我。」

黑旦女人低著頭出了院，眼睛不往誰身上看，去掏鷄窩。

「甭，甭，夜兒個村裏跌死牛，」親家衝黑旦女人說，「我到隊長家借毛驢，狗日的堂屋裏正煮牛肉。」親家把吊在驢脖子上的一個裹著的毛口袋解下來，「給，不爛再煮煮。」

黑旦女人低著頭接住毛口袋，眼睛不往誰身上看，進了窰。

當黑旦送過一道一道的溝，又送過一道一道的樑，眼望著那隻毛驢載走他的女人，他湧出是多麼純潔和質樸的愛啊！「扭頭再瞭瞭，黑旦瞭見女人的那兩隻蘿蔔腳吊在驢肚下，一悠一悠的打悠。」接着，作者這樣作了這篇小說的收尾，「黑旦的心也一悠一悠的打悠悠。」

《溫家窰的風景》之二，便是〈女人〉，作者一開始寫出這麼質樸而有趣的農村素描，讓讀者想笑，又想掉眼淚啊！

溫孩總算是娶上了女人，村人們挺高興。可聽房的說：溫孩女人不跟好好兒過，把紅褲帶綰成死疙瘩硬是不給解，還一個勁兒哭，哭了整整兒一黑夜。

那個女人不讓溫孩脫褲子，還哭。這說明了什麼？說明了那個女人並不愛這個陌生的農村青年溫孩，她可能是奉父母之命而嫁到溫家窑的，也可能她在故鄉有一個鍾愛的農村小伙子。溫孩用了溫家窑農民傳統的家法，對待女人像樹，「樹得括打括打才直溜」，女人得揍個鼻青眼腫才順從；溫孩用了他父親當年修理母親的方法，把女人扁了一頓以後，溫孩女人不但順服地替他洗衣、做飯，而且溫孩還可以壓在女人身上罵女人呢。從此，每當溫孩女人遠遠的跟在溫孩身後扛著鋤頭出現山野時，同村女人發現溫孩女人臉上的一塊黑、一塊青，她們只是「撇嘴兒、眨眼兒、搖頭兒」。

作者寫出山西農村婦女的帶着眼淚的幸福，給予我們無比的關懷與同情。但是，我們還是爲溫孩女人祝福，因爲溫孩畢竟還是一個純樸善良的農村小伙子，隨著時間的考驗，他倆終會過起恬靜而幸福的生活。

作者的一篇〈莜麥秸窩裏〉，寫一對陷進愛情夢網裏的男女。雖然她訂了婚，心中愛的還是他。這簡直是一幅美麗的電影畫面：

> 天底下靜悄悄的，月婆照得場面白花花的。在莜麥稭垜朝著月婆的那一面，他和她爲自己做了一個窩。
>
> 「你進。」
>
> 「你進。」
>
> 「要不一起進。」
>
> 他和她一起往窩裏鑽，把窩給鑽塌了。莜麥稭輕輕散了架，埋住了他和她。

男的覺得女的將要嫁給一個比自己有錢的男人，很幸福，暗自高興，卻不妒忌；女的下定決心，「有錢我也不花，悄悄兒攢上給醜哥娶女人」，而他卻堅持說不要，這是多麼純樸的愛情！

> 「醜哥。」半天她又說。
>
> 「嗯？」
>
> 「醜哥唬兒我一個。」
>
> 「甭這樣。」

「要這樣。」

「今兒我沒心思。」

「要這樣。」

他聽她又快哭呀，就一低頭在她臉上親了一下。綿綿的，軟軟的。

「錯了，是這兒。」她嘟着嘴巴說。他又在她的嘴唇上親了一下。涼涼的，濕濕的。

「啥味兒？」

「莜麵味兒。」

「不對不對。要不你再試試看。」她扳下他的頭。

「還是莜麵味兒。」他想了想說。

「胡說，剛才我專吃過冰糖。要不你再試試看。」她又往下扳他的頭。

「冰糖，冰糖。」他忙忙兒說。

老半天他們又是誰也沒言語。

「醜哥。」

「嗯？」

「要不，要不今兒我就先跟你做那個啥吧。」

「甭，甭，月婆在外前，這樣是不可以的。咱溫家窰的姑娘是不可以這樣的。」

「嗯，那就等以後，我回來。」

「嗯。」

作者用短短五、六百字，把這一對質樸農村青年的純潔愛情，寫得深切感人。最難得的是對話簡捷明快，而且充滿了鄉土氣息。

曹乃謙對人物的動作描寫細緻生動，如「愣二圪窩在炕頭呼嚕呼嚕打鼾睡，跟豬似的。」他描寫一個酒鬼鍋扣大爺，更是傳神，「鍋扣喝酒不就菜，還好喝熱的。鍋扣熱酒的方法跟人不一樣，在褲襠裏頭補個兜，將酒瓶往裏一塞就頂事了。喝兩口又塞進去，喝兩口又塞進去。」作者創造的這個農村老光棍兒是具有濃重人情味的，他愛喝酒，也請別人喝酒：

> 鍋扣也給人喝酒，「來，給大爺喝他狗日的一口。」說著他就一吸氣，把皺巴巴的肚皮吸個凹凹兒，手就伸進襠裏拔出瓶子。酒瓶溫乎乎的熱，除了酒味兒還有股別個的味兒。有人嫌，不喝。有人不嫌，撐起瓶子就咕嘟咕嘟吹喇叭。鍋扣瞇著笑眼歪側著頭看人喝，嘴一張一合的，好像那酒是倒進了自個兒肚裏。

這個生活在二十世紀八十年代中國大陸農村的愛喝酒、孤獨無依的老頭兒，比七十年前魯鎭的孔乙己幸福得多。因爲他弟弟在省城當幹部，每月還寄他二三十元；再說溫家窰的村民比魯鎮的人要淳樸可愛，每逢鍋扣大爺醉倒墳地，都被鄰居少年把他擡回來，免得他受了風寒。這個極短篇的結尾實在奇妙感人，鍋扣大爺臨咽氣以前，說：「把我埋進三寡婦的墳。」這是他所以時常醉倒在墳地的原因。「誰也沒牢防他說了這麼句話。這句話把村人們給說了個大眼兒瞪小眼兒。」

曹乃謙的這些極短篇小說，將中國大陸農村羣眾的質樸、勤勞的美德，充分表現而出；同時也揭示出八十年代的華北農村，依然存在著教育落後、愚昧無知，以及生活上的單調與寂寞，看起來若想讓我國農民眞正過起現代化生活，還是一條迢遙的道路呢！

第二章 軍事小說的發展

從一九四九年以來，中國大陸的小說，描寫軍事戰爭或軍隊生活，都是遵照毛澤東延安文藝座談會的講話指示，每個軍隊官兵都寫成勇往直前、義無反顧的英雄。這種英雄可以鼓舞人心，激揚士氣，但他也是概念化、八股化、形式化的人物：如《不死的英雄》中的王西蘭、《上甘嶺》中的石東根、《風雪初記》中的春兒、《黎明的河邊》中的小陳、《黨費》中的黃新、《保衛延安》中的周大勇、《林海雪原》中的揚子榮、《紅日》中的沈振新，以及黃存瑞、楊根思、歐陽海等英雄人物，固然他們有著高貴的品質與英雄業蹟，但是由於作者並不曾寫出他們的七情六慾以及生活上的缺點，因而這些人物彷彿是一座廟宇中塑造的神像。

新時期的軍事文學有了突破性的變化。軍隊人物從廟宇中搬出來，讓他眞正生活於軍營或戰場中，充分展現出喜怒哀樂的眞實情感。這是八十年代大陸的小說最大的變化。

《十月》雜誌發表的陳世旭〈小鎭上的將軍〉，非常精彩。作者筆下的將軍，並不是虎背熊腰、氣宇軒昂，具有輝煌戰功的人。他在這個短篇小說創造的將軍，精瘦、佝僂、跛著一條腿、拄著一根茶木棍，時常呆痴地在街口站上一會兒，甚至十天八天聽不到他講一句話。這是一位在「文化大革命」中遭受侮辱與損害的老人。

作者描寫小鎭的變化，以及鎭民對這個落魄軍人的尊敬，用著簡練的字句，把它呈現出來：

可是現在，山上這所與牢房爲鄰的「新房子」，成了一座香煙鼎盛的聖廟。人們朝聖來了。

當人們湧上臺階，一眼看見精瘦、佝僂的將軍時，突然收住了步子，誰也不敢第一個邁進門檻。人們的心頭交織著羞赧和敬畏。伶牙俐齒的剃頭佬，如簧巧舌也好像失靈了。但是，許多人在背後用手捅他的腰眼，他慌亂而笨拙地用自己也沒有聽清的聲音喊了一聲：

「將軍！」

作者描寫在文革時期，這位老戰士像罪犯似的來到小鎭，但等四人幫垮臺後，他卻死了。正如同盲詩人愛羅先訶的詩稿，在漫長冬季裏，土撥鼠在地層下潛藏著，但春天來臨時，牠卻癱死在原野上。作者寫小鎭上的人民，用最虔誠而古老的送葬儀式，埋葬了這個委屈的可憐的將軍，實在是讓人震憾的藝術效果：

一個最老的長者，獻出了整個小鎮唯一的一具柏木棺材；老裁縫連夜趕製了全套的壽服壽被；遺體入殮的時候，焚起了高香，點亮了長命燈。因爲剃頭佬整容整得太慢，這個功夫花得很長。「八仙」由搬運隊十六名彪悍的後生組成。起棺的那一刻，他們宰了雄鷄祭杠。那個被將軍從垂危中挽救下來的孩子，由他的父母領著，從三十里外趕來，擔任了將軍的孝子之職，披蔴戴孝，向所有來吊孝的人，下跪叩頭。停喪的日子，癩痢山突然生出了一片「森林」，這是小鎮人和小鎮周圍四面八方的鄉村送來的孝幛和花圈。由那個將軍呵斥過的炊事班小兵送來的當地駐軍的巨大花圈，顯得特別引人注目。

出喪是在一個陰暗的早晨。整個小鎮和四方鄉野，天低雲垂，悲聲大慟。儘管按照將軍的遺囑，他的墓塋就落在癩痢山上，但浩浩蕩蕩的送殯隊伍還是來到小鎮的街上。「八仙」所擡著將軍的靈柩，依次經過每家每戶門前。每經過一家，就停頓下來，等到這一家長長的一串「千字頭」炮仗響完，再移向另一家。這就使喪隊的行進近乎蠕動。全長不足六百米的兩條街道，竟走了整整一個上午。靈柩最後在街口那棵老樟樹下，將軍一向站立的位置上停了很久。人們一個跟著一個泣訴了滿含著懺悔、悲痛、追輓、誓言的悼詞。

客觀而言，作者安排這種落後的、迷信的送葬儀式，對於一個唯物主義的共黨軍人是不協調，而且不合情理；但是正因爲如此才加強了反抗意識與悲劇氣氛，這是作者一個出奇制勝的大手筆，這是過去四十多年從來不敢嘗試的寫作手法。爲了埋葬這位流血流汗與被侮辱被損害的將軍，整個小鎭的人民都噙著悲憤的熱淚，動員起來。送葬的場面是偉大而感人，它彷彿向著世人宣告一個普遍眞理：「是非功過，人民的心裏是有數的。」

陳世旭是江西人，雖然他的創作時間不長，由於他的生活底子厚，所以才寫出如此感人的軍事題材的小說。可見沒有生活體驗，便無文學作品。

《十月》雜誌在一九八二年第六期發表了李存葆的中篇小說〈高山下的花環〉，這是一篇以雲南邊防部隊作題材的軍事文學作品。作品通過以連長梁三喜、指導員趙蒙生、副連長靳開來、戰士薛凱華、金小柱、段雨果的思想、性格和情感而展開的。這些人物都有不同的缺點，也都具有不同心靈發展過程，完全打破了過去的「高大完美」英雄典型的形象。

作者通過梁三喜的親屬，寫出梁三喜母親梁大娘的明是非，知大義；寫出梁三喜妻子的賢淑孝敬；最值得喝采的，作者筆下的出身農民的梁三喜，具有「位卑未敢忘憂國」的奉獻精神，這是中國農民的高貴品質。

李存葆原服務濟南軍區政治部，他曾親自到達中越邊境進行實地採訪，體驗前線生活，瞭解軍隊在對越自衛還擊作戰與平時訓練生活，歸來後寫出了這篇小說。

在雲南前線，我遇到一位副師長。戰爭年代，他曾給賀老總當過一段時間的警衛員。「文革」中他受到株連，在重壓和摧殘之下，他從沒說過賀老總一個「不」字。他的兩個膝蓋上各殘留下三個釘子眼樣的傷疤，那是他在挨批鬥時，跪在釘子上造成的。……他的脾氣很大，不論平時、戰時，看到不順眼的事，輕則訓斥，重則罵娘。怪得很，基層的幹部戰士很願意聽他的訓斥甚至怒罵。哪怕他點著大家的鼻子劈頭蓋臉嚷一頓，大家卻像欣賞一曲美好的樂曲似的洗耳恭聽，甚至還有點陶醉。

有人還給我介紹過這樣一位軍長：參戰前，當他得知有人竟把子女從部隊調走的時候，他火冒三丈，通令說：誰再敢辦這種事，他就讓誰的兒子第一個去炸碉堡。當這位軍長指揮千軍萬馬殺敵時，他的兒子，他的女兒，都浴血奮戰在戰場上。「其身正，不令而行，其身不正，令而不行」，這樣的軍長怎麼不威重令行❶！

〈高山下的花環〉是一篇動人的小說。作者因為對沂蒙山區比較熟悉，所以把男主角梁三喜的故鄉安排在此。小說中寫出沂蒙山區人民的苦難，也表現出「文革」時此處發生的冤案。作者

❶ 李存葆〈「高山下的花環」篇外綴語〉，原載《十月》一九八二年第六期。

在一九八〇年冬，到沂蒙山區，無意間聽到一個婦女在嚇唬哭的孩子時說：「你敢哭，再哭，棒子隊來了！」小孩立刻噤若寒蟬。什麼是「棒子隊」，那是「文革」時紅衛兵造反派。在孩子小心靈裏，「棒子隊」比野狼還凶惡些。

一九八〇年第一期《人民文學》，發表徐懷中的中篇小說〈西線軼事〉。這是環繞一個總機班的女兵的思想、情感寫成的，非常有趣。作者從現實主義出發，寫出六個女兵使整個連隊的男兵自愛、自覺，講究衛生，甚至再熱的天也不打赤膊。作者寫這六個女兵愛哭、愛嗑葵花子，在戰場上看到屍體嚇得發抖，有時過度緊張忘了「口令」，這在過去是決不能這樣寫的。

作者是一位資深作家。他在〈西線軼事〉創造的六名女兵，原是一些嬌嫩的、時常想家的女孩子。她們到了雲南邊防前線參加對越自衛還擊作戰，卻創造了不少英勇戰蹟，值得歌頌。班長嚴莉在厚厚的兩層軍毯下，完成了保障九四一「中樞神經」活動的分內工作，戰勝了螞蝗的困擾，用紙菸薰下了身上的十幾條螞蝗；陶珂和另外兩個戰士查到了斷線，並顧不上牙齒可能會變得難看，用牙齒咬開了絕緣皮接通了斷線；吳小涓和楊豔壯著膽跨過了三具越屍架了線；路曼雖然克服「特殊情況」帶來的腿軟和小蕭努力架線，但還是靠男步話機員的幫助才完成❷。她們這種精神已經是不容易了。

❷ 范詠戈〈從「地上的長虹」到「西線軼事」〉，原載《光明日報》一九八二年四月五日。

作者的這篇小說，用最平凡的筆觸紀錄前線的作戰軼事，既不誇張，也不渲染，這種創作上的突破是可喜的現象。劉毛妹戰死之後，陶珂為她清洗遺體，「清洗過遺體之後，數過了傷口，大大小小掛花四十四處，這個數字，正好是烈士的年齡乘以二。」這看似輕鬆的一筆，卻給讀者帶來無比的追念之情，值得喝采！

《收穫》一九八八年第二期發表李本深的中篇小說〈紫色泥濘〉，是一篇暴露性的比較深刻的文學作品。作者從八股化、教條化的枷鎖中解放出來，以無比關懷的感情，寫出共軍在長征中所發生的愛與慾的鬥爭。雖然字裏行間沒有一句宣傳口號，但它卻眞正包含了更深邃的意義，這是文學思想進步的明證。

作者塑造的小說主人是一個團長，紅四方面軍的團長。此人面貌其醜無比，小說中只稱他是「張麻子」，這是過去四十多年寫軍事小說從來沒有的現象。「張麻子是眞正的麻子，除眼珠子和嘴唇以外全都是一臉黃豆大的麻坑兒。人奇醜，醜得猙獰，醜得武，醜得叫你不能不敬畏。張麻子的兩隻眼睛長得厲害，六親不認，瞪你一眼叫你三天都提心吊膽。」作者創造的這個共軍指揮員的形象，完全打破了過去關公臉譜式的千人一面標準形象。僅是這一點已是讓人刮目相待了。

作者借用一個名叫牛伢子的戰士，在黑暗的茅廁裏聽到張麻子和另一個團長一面屙屎、一面扯淡，這才把張麻子的醜事揭露出來，這是很妙的手法。

「伙計，你老實坦白。」

「叫老子坦白啥子？」

「你摸過幾個『野老四』了？」

「啥子叫摸過幾個？你哩？」

「我？我可不能跟你比。」

「你謙虛。」

「除了打仗就是走路，吃糠咽菜的，走都走垮了，哪來的那勁頭哇。」

「老子行。」

「你狗日是行。我就知道你行。我看你是不要命了。老子還要革命到底哩。來日方長啊，伙計。」

這個在長征中仍對異性有勁頭的張麻子，在他團裏卻有一羣年輕女兵，編成了「編織班」。張團長爲了安全起見，派了十幾歲的牛伢子去當班長。牛伢子生活在女人中間，又忙又累，簡直成了使喚小子。作者用幾句對白來表現女兵的囉嗦，非常傳神：

「班長哎，機子轉不靈了，你好不好去盛點油膏子來呀？」

「班長哎，你看這是哪個砍腦殼的捻的線，鼻涕一樣，提也提不起來。」

「班長哎，勞你的大駕，去提壺水來叫姐妹們潤潤喉嚨啊！」

「班長哎……」

人是情感的動物。在那戰火紛飛的年代，在那饑餓的長途跋涉行軍途上，只要停頓下來，女兵便忙著編織衣物，男的籌辦糧食、整備軍火彈藥、醫療傷口，因而人與人之間的感情是粗糙的，也是脆弱的，特別是這個「編織班」的一羣女兵們。其中有個最沉靜而最漂亮的葉紫菊，她已受到張痲子的注意，甚至連供給處長劉士美（滿面焦黃，並不美），也對她垂涎三尺；但是葉紫菊卻暗自喜愛牛伢子，這是發自一種姐弟的、患難與共的愛情。

作者寫一段牛伢子陪葉紫菊深夜去拉野屎的文字，非常精采感人：

葉紫菊已經下了樓梯，立在牛伢子面前了。他看見她頭髮有些蓬亂，表情也侷促得很。

「你能不能陪我出去一下？」她囁嚅地說。

「怎麼啦？」他傻乎乎地問，頗覺疑惑。

「我……肚子不好。」她費好大勁才說出口。

牛伢子一聽這話，臊了。怨怪自己的呆笨。一手提了立在樓梯下的馬槍，含含糊糊地說：

「噢，我……走吧。」

出門的時候，他在那只石臼上可笑地絆一下。

山野裏正呼呼颳著風。四面是黑糊糊的怪影颯颯晃動。夜空裏的星星稀稀落落明明滅滅。牛伢子在前頭走著，她在後面緊緊地跟著，找到了一個樹叢，牛伢子先去用腳踹了踹，走出來，用商量的口吻對她說：

「就在這兒吧？」

「你……可不要走太遠。」她怯怯地叮嚀。

「噢。」牛伢子含糊地應了一聲。

那個夜晚，牛伢子陪伴葉紫菊回來，葉紫菊送給了他一碗「散發著誘人的香味」的青稞炒麵。請讀者注意：這在當時長征途上，比萬兩黃金還珍貴啊！有時，牛伢子餓得兩眼昏花，看見供給處長劉士美在碾盤上磨青稞，牛伢子伸出瘦長的手抓了一小撮碾得半爛的炒麵，放進嘴裏。「嚼得太陽穴都跳起來」，但等牛伢子還想抓一點解餓，劉處長卻氣急敗壞地吼叫：「你就是我的親娘老子也不能。」這個參加紅軍六年的劉士美，最後由於住房失火，張麻子以「破壞羣眾紀律」罪名，將他槍斃。這個可憐的劉士美臨被處決前，說出最後一句話：「那——好歹是一死，我要再吃口炒麵。」

作者將張麻子追求葉紫菊的經過，安排得絲絲入扣，令人信服。首先，張麻子趁著幾分酒意，夜晚跑去找葉紫菊尋歡，結果在黑暗的小樓上，白挨了葉紫菊的一個耳光。隔了一段時間，張麻子在晚間騎馬來女兵駐地找葉紫菊談話，他們牽馬走出村寨，直到深更半夜葉紫菊才回來。張麻子用半威脅的手段強佔了她。

那個被侮辱與被損害的女兵，因流產而長眠在沼澤草地上。幸而牛伢子陪伴著她，否則誰也不知道葉紫菊的最終結局。

> 血是順着她的褲管流下來的，悶著怕人的殷紅的血把她的腳面整個都染紅了。他的心不由得緊緊一抽縮，看來時的路，也才看見星星點點的血跡一路跟了她來，一直到腳下。在腳下虛鬆的草根汪成了一汪紫色，宛如一朵驀然盛開的紫紅色玫瑰。

李本深的這篇小說是成功的。他擺脫了往昔寫軍事指揮員的八股化、教條化的條條框框，塑造出張麻子這個有血有肉、有缺點也有長處、敢愛更敢恨的一介武夫，讓讀者湧起既恨他、又同情他、又可憐他，卻又敬畏他的五味雜陳的感情。結尾，當葉紫菊死後，牛伢子在草地上掙扎前進，卻遇上了張痲子。牛伢子端起槍對準了張痲子，這是恨的表示，可是他不忍心也不會眞正射殺對方，而張痲子卻毫不動容，他已沉浸在悲痛欲絕的深淵中。這部中篇小說的結尾是這樣寫的：

「……來，拽住我的馬尾巴。」

張痲子迷迷茫茫地望著暮靄裏那無盡的草地，若有所失地囔道。

牛伢子坐在路邊紋絲不動地瞧著他的背影和從纏在頭上的綳帶下面鑽出來的一堆枯草一樣的頭髮。突然，張痲子猛地擰過岩石般的猙獰頭顱來，鷹隼般的眼睛裏再度迸射出強烈的白光，幾乎照亮了這草地的一角。他啞著喉嚨，日爹操娘地罵他，聲色俱厲地命令他：

「聽見沒有？老子叫你拽住老子的馬尾巴！」

張痲子叫他「拽住馬尾巴」，便是帶牛伢子走過草地，重新過起新的生活。這種偉大的友愛是眞摯的，感人的，毫無八股氣息。這是過去的軍事題材小說罕見的作品。

第三章 通俗小說的暢流

從中國大陸經濟改革開放以來，人們追求現實利益，在文化需求上講求消遣、娛樂，因此通俗文學成爲廣大羣眾歡迎的讀物。這是大陸四十多年罕有的文化現象。

通俗文學向來爲文學評論家不屑一顧的，他們總對它存著偏見，認爲它低俗、不登大雅之堂；特別是一些所謂學院派的作家，躲在象牙之塔內，研究艾略特、分析西方現代文學作品，卻總是對於通俗文學採取不聞不問，任其自生自滅的態度，這是非常錯誤的觀念。客觀地說，通俗文學在中國大陸應該興旺發展，毛澤東的〈在延安文藝座談會上的講話〉具體意見，通俗化、大眾化便是重要的一環，而實踐通俗化、大眾化的有效方法，則是推行通俗文學。趙樹理的《李有才板話》、《小二黑結婚》，這種讓農民大眾熟悉易懂、喜聞樂見的小說，便是通俗文學。但是，文學評論家卻決不肯照顧現實，肯定現實，卻依舊不提通俗文學這個詞彙，彷彿通俗文學永遠走不進「純文學」的藝術殿堂。

著名的通俗文學研究學者鄭振鐸在一九二九年曾說：

到了現代……筆記、傳奇、評話等的短篇，以及「佳人才子書」的中篇小說固已沒有重興的可能，卽章回體的長篇，也已到了它的末運。不再有復活的機會。

鄭振鐸的預言，不但沒有兌現，反而過了六十年後的中國大陸，通俗文學幾乎形成泛濫的景象。這是任何人也不敢想像的事。

在八十年代中期的大陸，通俗文學作品不但數量多，品種也非常齊全：紀實小說、歷史小說、偵探、武俠、間諜、愛情、科幻、黑幕、市井、鄉土、鬼怪……通俗刊物的發行量更是驚人，最少的有十幾萬份，多則百萬，甚至達到四、五百萬份的數目。一九八五年，《山海經》、《啄木鳥》、《民間文學》、《今古傳奇》等刊物都超過一百幾十萬份，《故事會》四百萬份，甚至連廣西柳州的一家地區刊物《柳絮》也發行了幾十萬份，這實在是新時期大陸文學新現象。

魯迅說過：「文藝本應該並非只有少數的優秀者才能夠鑒賞，而是只有少數的先天的低能者所不能鑒賞的東西。倘若說，作品愈高，知音愈少，那麼推斷起來，誰也不懂的東西，就是世界上的絕作了。」❶這是文學工作者，值得深思的話。文學作家應當照顧讀者，擴大通俗文學的創

---

❶ 魯迅〈文藝的大眾化〉，《魯迅全集》七卷。

作隊伍，將通俗文學的品質提高，如此才能繁榮文學的園地。

通俗文學在八十年代的大陸興旺起來，有其具體原因。一是改革開放爲通俗文學建立了興旺條件，二是長期文學爲政治服務造成讀者對「純文學」的厭倦心理，進而促成對通俗文學的熱愛。

通俗文學的收穫畢竟是很豐碩的。一九九〇年五月十二日，由「大眾文學學會」舉辦的首屆「大眾文學獎」，獲獎的作者、作品包括：

浩然，長篇小說《蒼生》，特等獎。

顏廷瑞，長篇小說《莊妃》、星顯長篇小說《錢莊風雲》、馮育楠長篇小說《津門大俠霍元甲》、劉紹棠長篇小說《敬柳亭說書》、繆曉陽、張暉長篇小說《旅人蕉》、黃建中中篇小說《五三四號證婚人》、張仲中篇小說《龍嘴大茶壺》、王宗漢中篇小說《齊寡婦的桃花運》。

出版這些通俗文學小說的責任編輯，不但獲得獎，而且出版上列長、中篇獲獎小說的「北京十月文藝出版社」、「春風文藝出版社」、「北岳文藝出版社」、「百花文藝出版社」、「湖南文藝出版社」、「彩雲雜誌社」、「解放軍文藝出版社」、「中國故事雜誌社」，也分別獲得作品的出版獎。從此可見這是一個比較隆重的頒獎。

獲獎的浩然，原名梁金廣，他是文革時期最紅的小說家。他的長篇小說《豔陽天》、《金光大道》我曾細讀與評論過，這已是二十年前的事；劉紹棠是五十年代崛起的小說家，曾經消匿一段歲月，這兩個河北籍的純文學作家參加通俗文學的創作隊伍，是一件喜訊。這樣才可以使通俗文學的品質逐漸提高。

在通俗文學小說方面，我看過的歷史長篇《神鞭》、《括蒼山恩仇記》、《大刀王五》、《燕子呂三》，以及海岩的《便衣警察》、胡萬春的《情魔》、陳誼的《夜幕下的哈爾濱》、柳溪的《金壁輝外傳》、劉紹棠的《風流之女》、馮驥才的《義和拳》等通俗小說，水準都不低，可讀性亦高；尤其楊大羣的數百萬字《關東演義》，氣勢雄偉，具有民族歷史精神，值得一讀。

有的大陸文學評論家把王朔的小說列爲通俗小說，值得商榷。通俗文學並非低俗，「純文學」也有低俗作品，這是任何讀者肯定的事實。當前中國大陸、臺灣、香港以及海外華文作家，有些打著純文學的旗幟，作著低俗、商業性的生意，這種「掛羊頭、賣狗肉」的卑劣行徑，明眼的讀者自會分辨清楚，勿需我們去指明它。因此在通俗文學的前進道路上，首先要清除這些魚目混珠的贋品，否則它對我國文學有不良的負面影響。

由於通俗文學的暢銷、繁榮，同時也把「純文學」壓得喘不過氣來。八十年代中期，大陸上優美眞摯的文學小說，根本沒有銷路，代替它的是通俗文學作品。據南京一所中學圖書館統計，一年之中，借閱文學名著小說的人數爲零。《悲慘世界》、《茶花女》、《復活》無人問津，甚至有的中學生連中國古典小說《紅樓夢》也不知道。

《人民日報》有一篇隨筆這樣寫道：

一個書商還拿出一則小品文，嬉皮笑臉地說：「名著不這樣改改書名，上不了我們的架子。」我接過一看，是一大串「易名錄」。如《三國演義》——《鐵哥兒們》，《水滸》——《孫二娘和她的一百多個男人》，《西遊記》——《神妖大廝殺》，《紅樓夢》——《女兒國祕聞》……❷。

當廣大的讀者遠離了「純文學」作品，「純文學」作家只有乾瞪眼，生悶氣。他們看到個體戶一個個發財，成了萬元戶。這種「腦體倒掛」的現象，確實嚴重地打擊了文學作家的士氣。「著書都爲稻粱謀」，這不是庸俗的話，而是實事求是的話。當作家從政治的束縛中解放出來，拿起筆桿從事文學創作的時候，卻一無出路，二無讀者，你想他們內心是多麼苦悶、失望！這些高級知識分子在苦悶之餘，便看武俠小說，這更促進了通俗文學作品的蓬勃發展。

八十年代，大陸的高級知識分子迷戀武俠小說，大有人在。著名作家聶紺弩狂迷武俠，曾詩贈香港武俠小說作家梁羽生：「酒不醉人人怎醉，書誠愚我我原愚」，從而窺出這位資深作家的苦悶心境。許多知識分子相聚一起，常有「開篇不談金梁古，讀盡詩書也枉然」的浩嘆。金梁古

---

❷ 張雨生〈文學名著的失落〉，一九九〇年七月二十三日《人民日報》副刊。

者，就是武俠名家金庸、梁羽生、古龍。

《人民日報》記者王政報道說：

有的知識分子抱怨「活得沒勁兒！」……他們驚喜地在武俠小說的大哭大歌中找到一條痛快淋漓的宣洩渠道。如屢蒙詬辱、滿世皆謗，但終於欣逢奇遇，練就不世武功來除奸揚善的楊過與令狐沖，足以使他們一吐懲屈、神清氣爽。……有的知識分子則活得太累，超負荷的工作，匱乏的營養，沒完沒了的家務死死地纏住他們；還要努力把人做圓乎一些，在人前麻木了笑神經，背著人則有一肚子倒不出的苦水。但就算圓滑到頂，也未必換來天降大任於斯人，反而異化了自我。於是，日覺卑微可憐、卻仍不敢反其道而行之，張揚個性，活出一個轟轟烈烈來，眞有股子「我將狂笑我將哭，哭始欣然笑慘然」的悲涼，而這悲涼只有在讀到俠義英雄爲人格與尊嚴不惜生死相搏之時方能稍稍散去。他們的歌哭狂笑終於找到了寄托之所❸。

我在這裏指出一個事實：中國大陸高級知識分子喜愛武俠小說，把金庸、梁羽生、古龍捧爲

❸ 王政〈書生之情寄於書〉，副題「知識界武俠小說迷心態初探」，刊《人民日報》一九八九年三月四日。

偶像，並非這三人有深厚的通俗文學造詣，而是通過四十多年的文藝政治化的影響，大陸上根本沒有武俠小說作家或作品。這如同大陸八十年代初期的瓊瑤熱、三毛熱是同樣的道理。若是過去四十多年，大陸在通俗文學上放寬限制，讓有些小說家去創作武俠小說、言情小說，那一定給通俗文學留下比較豐富的作品。

我覺得輕視通俗文學是無濟於事的。攻擊、謾罵也不會發生效果。魯迅曾爲通俗文學作過辯護，他說：「我相信，從唱本說書裏是可以產生托爾斯泰、弗洛培爾的。」我同意他的見解。但是如果作者描寫性犯罪或聳人聽聞的內幕小說，只是刺激讀者，專門爲銷路而創作的通俗文學，那是文學的墮落，也是道德的淪喪。

一九八九年四月二十六日北京《光明日報》第三版，刊登一則「人民文學出版社最新圖書」廣告。廣告上出售下列「現、當代文學」書：陳桂棣的《裸者》、多人的《當今十大奇案》、《安全部特派員》、穆時英的《白金的女體塑像》、羅愷嵐的《誘惑》。從這個賣書廣告可以看出通俗文學已經淪爲「庸俗文學」了，這是值得重視的文化問題。

第四章 新潮小說與現代派

一

凡是關心八十年代大陸小說的朋友，都會看出王蒙是新思潮、新技巧的鼓吹者、實踐者。王蒙爲不少青年小說家寫「序」，在八十年代中期他擔任文化部長時，儼然成了青年作家和藝術家的領袖。而他自己寫的小說，從形式上說，千奇百怪，從內容上而言，王蒙先生既然做了官，他早已脫離了人民羣眾，所反映出來的思想與情感，也只是官場上的應酬，走馬觀花式的官式訪問而已。總的說來，王蒙變了！他已經不是當年寫〈組織部來了個年輕人〉的作者了！甚至我有時還在懷疑這篇小說不是王蒙寫的。

文學既是人學，作爲一個小說家，應該忠實而客觀地反映出現實人羣的精神面貌、生活情況，才是首要的任務。換言之，內容決定形式才是小說家的創作原則。如果小說家只盲目地追求形式的新，而忽視了內容，那便是犯了捨本逐末的錯誤。

王蒙說過一些非常錯誤的話，例如：

有時候我感覺，這十年似乎是把——例如歐洲——的一百多年的文學史壓縮在我們新時期十年的短小階段裏。這裏是高度的濃縮。這裏是中國的，卻又是世界的縮影❶。

這種厚今薄古的論調，聽起來似乎十分悅耳，但稍微有一點文學知識的人，都瞭解任何民族都有它獨特的發展道路。文學作家不屬於聯合國組織，何以歐洲文學的發展路向，硬要中國的作家遵照前進？這豈不是荒唐話麼！若是王蒙的這些話是對的，那麼過去四十年來的中國大陸文學小說，豈不是一片空白？王蒙連老舍、周立波、趙樹理、柳青等小說家作了否定，甚至他連曹雪芹、蒲松齡、吳敬梓等中國文學大師也一筆勾銷，這實在是荒謬絕頂的論斷。

當王蒙的小說發表的時期，我曾暗自詫異，偌大的中國大陸，那麼多的小說家和文學評論家，難道對於王蒙的奇談怪論、文不對題的小說不敢批評嗎？尤其在八十年代，大陸文學批評比較自由的階段，翻遍了各種文學報刊，竟然沒有一篇批評王蒙先生的文章。我繼而冷靜下來，想

❶ 王蒙爲宋耀良《十年文學主潮論》寫的序言。

起文學自由的問題，大抵因爲「官大學問大」，這種封建思想的餘毒還未淸除殆盡吧。

在《人民文學》一九八八年第二期的第一篇王蒙〈沒情況兒〉，題目模糊不清，開場白更是莫名其妙，大概作者在訪問外國途中，爲了交差，擠時間拼湊而成的小說吧。爲了讓你欣賞妙文，原文抄錄於後：

詩曰：情況有無處，交誼遠近時，
天人應解語，冷暖寸心知。

我完全贊同作家死後進割舌頭地獄。而且贊成爲作家專設挖眼地獄。創作，眞是一件殘酷的事情。……親愛的讀者，請接受我的忠告：可以接近小說，但是必須遠離作家！請把我的話背誦下來：

作家是永遠不能被原諒的，
作家永遠無權也無能原諒他書中的人物，
文學永遠也不會原諒作家，生活永遠不會原諒文學。
因而作家的靈魂是無可救援的，
只是在形象思維之外，他可能是個老好人。

王蒙在這篇〈沒情況兒〉短篇小說中，東一句，西一句，胡謅亂扯，咱也不知道他諷刺誰？卻在字裏行間，流露出他的「自我宣傳」意識，這大抵是他在新大陸學來的資本主義社會推銷術吧！

很感人。此刻（一九八七年十一月十一日上午十時）寫到這裏，我的鼻子發酸。（頁七）

今年（一九八七年），原籍北京的旅美臺灣（瞧有多複雜！）著名詩人×××來我家做客，說起京腔問題，他也持有同樣的見解。（頁八）

一九八七年九月，我以××的身分前往烏魯木齊參加中國藝術節——天山之秋的活動。（頁十一）

一九七六年，動身去A國之前，你來到我的辦公室。（頁十六）

你的妻子問你，要不要告訴王蒙，你否定了。（頁十六）

王蒙的短篇小說〈鈴的閃〉從題目到內容，令人茫漠不解，不知所云。全篇盡是冗長的歐化的句法：

我偏偏意識到自己的存在並沿著電話鈴電話線意識到又一個人的存在和他的對話的意願。

它更可能只是大漠只是雪嶺只是冰河只是一片空曠寂寥遙遠的安慰的深情。

於是我淚下如雨相信詩總會有讀者詩神永駐詩心長熱儘管書店不肯收訂。

為了讓讀者欣賞到王蒙的「西方新技巧」，不妨抄錄一段比較長的文章，供你參閱：

我寫北京鴨在吊爐裏 Solo 夢幻羅曼斯。大三元的烤仔豬在赫爾辛基詠嘆「我冰涼的小手」。社會主義現實主義與意識流無望的初戀沒有領到房證悲傷地分手。萬能博士論述人必須喝水所向披靡戰勝論敵連任歷屆奧運會全運會裁判冠軍。一個短途倒賣連腳尼龍絲褲個體戶喝到姚文元的餃子湯。裁軍協定規定把過期氫彈獎給獨生子女。饅頭能夠致癌麵包能夠函授西班牙語打字。鴉片戰爭的主帥是霍東閣的相好。蘇三起解時跳著迪斯科並在起解後就任服裝模特兒。

王蒙的所謂新潮小說，寫得已讓人有氣憤至極的感受。〈一嚏千嬌〉❷一開頭便東扯西扯，

---

❷ 這篇中篇小說刊登於《收穫》，一九八八年第四期。

不知所云。王蒙夢中的那個人的頭髮，「不疏不密不黑不白不燥不濕恰到好處」，接着，作者這樣寫道：

請注意，頭髮過密顯得不拘小節和神經質。頭髮過稀則似是暗示心機太過或房事無度。頭髮太乾燥當然是卑微低賤的表徵，是歷次運動中表現得不夠理想的表徵。而頭髮太油太潤無疑會降低像他那樣一位一直頗有地位而且拳拳之心中肯地認爲自己有地位的人的威嚴。

姑不論王蒙的這些話並不合乎科學道理，試問作者夢見此人，卻把此人的頭髮扯上半天廢話，這究竟有什麼意義？實在令人費解。

這篇小說也和〈沒情況兒〉一樣，小說中忘不了推銷自己：

一九八五年，筆者在西柏林參加一次國際文學座談活動。兩個小時，筆者與各國學者專家記者交談，有問有答，有來有往，有說有笑，煞是快意。結束後，我的翻譯和陪同，一位女士對我說：你的表演很好。（頁一〇六）

筆者還有一個積蓄多年的雜文題材，大意是說聰明的人對生活發表見解，更聰明的人

從不對生活發表見解，而只挑各種見解的毛病，只對見解發表見解。（頁一〇七）

劉賓雁把王守信寫成了半人半妖的怪物、蠢物。如果王守信也拿起一支生花妙筆或如椽巨筆呢？也許這正是筆者王蒙往往做不到扳起煞有介事面孔痛快淋漓、大義凜然地批判他的反面人物的主要原因？（頁一〇八）

拙著《活動變人形》裏曾經描寫過一位重要人物（女）靜珍的噴嚏，花了不少筆墨，仍然覺得不理想，還是自己的功力太差。如果有巴爾札克或者托爾斯泰那樣的素養，看能不能把靜珍的噴嚏寫深寫細寫活，寫出神韻風骨意境來！（頁九十五）

王蒙的新時期小說，充滿了矯揉造作，有時爲了創新，常會寫出莫名其妙的辭彙。即使他寫的比較像樣的短篇小說，也出現一些讓人朦茫不解的語句。〈惶惑〉一開頭這樣寫道：「他第一次到T城來是二十八年以前的事，比四分之一個世紀還長三年。那時候他二十三歲，大學才畢業，體重只有一百零一市斤」。接着作者寫出更使人恍惑的文字：「三中全會以來他的體重增加到了一百四十一公斤」，莫非召開了這個扭轉乾坤的會議，每一個人笑逐顏開，暢快地吃了睡、睡了吃，不到一年半載，大陸十一億同胞都變成大胖子，這是什麼邏輯？

這位曾爲八十年代「玩文學」作過辯護的小說家，他在小說〈一嚏千嬌〉中也穿插了一些西化的、難懂的描寫：

> 眼睛，眼睛，他爲什麼永遠匿藏著眼睛！他騙走了我的崇拜，騙走了我的熱情，騙走了我的夢！……我死了我死了我是死人你們知道嗎？就是那個人把我害死的他說他要幫助我就用一把刀子把我割了好幾塊還說這塊怎麼不好那一塊怎麼不好嚼了一下又吐出來還吐出好多痰我用手絹擦乾淨我只求他看我一眼後來他還說他爲我很難過呢還爲我哭了呢可他的眼淚不是從眼睛裏流出來的他沒有眼睛只有兩個槍管槍孔呀……
>
> 我不知道這一段是否有點擬殘雪的味兒。

王蒙是五十年代崛起的小說家，他當時寫的小說〈青春萬歲〉、〈組織部來了個年輕人〉、〈春節〉、〈多雨〉等，雖然藝術功力不够，但是卻充溢著青年人的熱情與活力，有一定的影響力量。新時期的小說作品，王蒙的筆法爲之一變，有時採用象徵主義，有時以雜文傳達思想，而且雜亂無章，使讀者有朦茫不解的痛苦感受，這是王蒙最失敗的地方。最不可寬恕的，王蒙身爲小說家，卻爲小說作者指引迷津，而且指的是垃圾坑、死胡同，這是令人難以諒解的錯誤。王蒙爲了替先鋒小說、實驗小說鳴鑼開道，時常發表唬人的言論：

> 中國是太大了！……承認一種而否認另一種是容易的，卻未必是公正和明智的，什麼

時候能有更大的口胃、更寬廣的胸懷、更堅實的基礎、更神奇的超越、更宏偉的匯萬象於一爐的時代的與民族的交響樂章呢?我們的年輕的作家們的面前還有很長很長的路。誰(包括我自己)也不要故步自封❸。

中國是太大了,中華兒女遍跡世界五大洲,但是中國當代文學的正確路向,並非王蒙等少數人所能指引或領導的,否則便犯了夜郎自大的錯誤。誰也不要故步自封,這句口號非常響亮而動人,但是王蒙先生為劉索拉指引的垃圾坑、死胡同,我們會堅決排斥而反對的,這麼嚴肅的文學課題一定要「故步自封」!

二

新時期文學的具體精神,便是否定傳統的精神。許多青年小說家,扮演了反傳統的急先鋒,他們的創作從形式到內容,都抱定了一切求變革的大膽嘗試,因此把中國大陸文壇攪得撲朔迷離、烏煙瘴氣。由於新奇、刺激、荒誕、怪異的小說受到青年的歡迎,使八十年代中國大陸小說

---

❸ 王蒙為劉索拉的小說集寫的序言。

發生反常的現象。商品化作品暢銷，傳統化作品乏人問津，這便導致小說家一心一意盲目西化，而過去的一些甘於寂寞、甘於面壁、甘於從生活中去體驗創作的小說家，只有消聲匿跡了。這是八十年代中國大陸文學界的怪現象。

我嘗想：若是已故的小說家趙樹理、柳青地下有靈，他們得知八十年代小說家的呼風喚雨、興風作浪的本領；他倆當年卻甘願長期紮根農村，不計較任何政治或物質待遇，把反映現實社會生活的文學作品寫出來，向社會交卷，他倆當會懊惱莫及、氣得吐血！

八十年代的小說家，他們的寫作目的既不爲農民，也不爲工人，而是爲的刺激讀者，爭取作品銷路。

我就是那個叫馬原的漢人，我寫小說。我喜歡天馬行空，我的故事多多少少都有那麼一點聳人聽聞。……比如這一次我爲了杜撰這個故事，把腦袋掖在腰裏鑽了七天瑪曲村。……毫無疑問，我只是要借助這個住滿病人的小村莊做背景。我需要使用這七天時間裏得到的觀察結果，然後我再去編排一個聳人聽聞的故事。我敢斷言，許多苦於找不到突破性題材的作家（包括那些想當作家的人）肯定會因此羨慕我的好運氣。

馬原〈虛構〉

> 我要編導一部眞正的戲劇，在這部劇裏，富貴與卑賤、美女與大便、過去與現實、金獎牌與避孕套……互相摻和、緊密團結、環環相連，構成一個完整的世界。
>
> 莫言〈紅蝗〉

應該指出：小說家從形式到內容的追求變革，並非錯誤方向，而是作者若一味地模倣西方現代藝術，把別人的垃圾視作珍品，揚棄了從深入生活而創作的正確目標，只是作些聳人聽聞、刺激讀者感官的故事，這便步入了文學商品化、庸俗化的道路。

文學是喚醒人類走向崇高而美好的境界，而不是引導人們墜入頹廢、萎靡的深淵。有些小說家，爲了聳人聽聞，把一切荒誕、醜惡、血腥、暴力的夢魘似的經驗，寫進作品。他們的意圖是什麼？讀者自會心知肚明的。

莫言的小說〈紅蝗〉有這樣的話：「我們的大便像商標的香蕉一樣美麗爲什麼不能歌頌，我們大便時往往聯想到愛情的最高形式，甚至昇華成一種宗教儀式爲什麼不能歌頌？」這種極其卑劣而醜惡的意識，引導作者寫出違背倫理道德的文句。作者在他的「紅遍世界」的代表作《紅高粱》，開頭寫道：「一九三九年古曆八月初九，我父親這個土匪種十八歲多一點。」一個號稱具有五千年悠久歷史文化國度的作家，竟然寫出如此違悖倫理道德的文字，實在令人驚訝。莫言在

《紅高粱》中描寫他的祖母與長工野合，「他們在高粱地裏耕雲播雨，爲我們高密東北鄉豐富多彩的歷史上，抹下了一道酥紅。我父親可以說是秉領天地精華而孕育，是痛苦與狂歡的結晶。」這段文字不僅侮辱了四千多萬淳樸的山東鄉親，同時也侮辱了中國的婦女同胞！

新時期文學對於所謂性的描寫，不僅暴露，而且近於猥褻的地步，這是中國大陸小說四十年來罕有的現象。例如，洪峰的小說〈瀚海〉，對於姥姥的描寫是這樣的：

> 她十六歲的時候，讓鄰屯一個財主的大少爺拽進高粱地裏強姦了。說強姦算不上精確。後來她差不多隔幾天就去大甸子，那少爺也總能適時出現強姦得逞。說穿了，兩廂情願或者就是愛情。

洪峰用自然主義筆法寫姥姥和地主少爺的通姦，固然有悖倫理。青年小說家蘇童也直敍祖父陳寶年結婚，當一頂紅竹轎剛進家門，陳寶年摔掉粥碗就大聲歡呼：「陳寶年的鷄巴有地方住囉！」像這種不懂人情世故的小說描寫，若不加以遏止批評，新時期文學將淪於末路。試問一個質樸而窮苦的農民，他既未醉酒，又不是瘋漢，他怎麼能在親鄰好友面前講出如此下流的語言？

對於過分的暴露性描寫，儘管可以博取讀者短暫的感官上的刺激，但它還是不足爲訓。上海女作家竹林的長篇小說《嗚咽的瀾滄江》，描述一位下鄉女知青露露爲了入黨，調出邊疆返回城市，不惜犧牲自己肉體，供給郭副團長、軍區首長兒子小李姦淫。作者細緻地描寫那兩個「權力野獸」把露露弄到床沿上，往她身子底下塞個枕頭，然後用帶子把她兩隻腳紮住，一左一右分開吊起來，然後予以輪姦。像這種「春宮圖」般的描寫，在八十年代的中國小說中，為數不少，這是一股叛逆的、污穢的潮流，這也是任何人不願樂見的現象。

別林斯基說：「藝術沒有思想，就像一個人沒有靈魂，是一具死屍。」八十年代中國大陸文壇，存在一些沒有思想的小說作品。以北京王朔為首的小說家，年輕氣燄高，他們組成「海馬影視創作中心」。顧名思義，他們是想寫小說、編劇本，拍影片，賺取鈔票，換句話說，這個「中心」就是撈鈔票公司。在短暫的兩三年時間，王朔的長篇小說拍成電影的有「頑主」、「輪迴」（原名〈浮出海面〉）、「大喘氣」（原名〈橡皮人〉）、「一半是火焰，一半是海水」，這些商品化的作品猶如一股旋風，將廣大的青少年讀者與觀眾吹得暈頭轉向，幾乎忘記自己是具有五千年悠久文化的中國人！

王朔創作的小說人物，盡是生活在改革開放後的城市青年，沒有固定職業，沒有經濟來源，卻到處騙吃騙喝，過一種寄生蟲般的靡爛生活。這些罪惡的社會渣滓，整天喝酒、賭博、投機倒把、搞色情買賣，騙取那些從海外歸來的洋人和華僑的錢。最令人寒心的，這些小說人物還時常聚在一起談文學、談人生，並且以最難聽的諷刺話批評社會的任何事物。

為了讓您理解王朔的小說內容，姑且引用〈浮出海面〉中的一段精彩對話，供您欣賞：

問：「你們錢哪兒來的？整天胡吃海塞，也沒見你們費勁幹什麼。」

答：「你以爲我們該是什麼樣？挽著袖子站在車床旁？在農田裏揮汗如雨？」

王朔在八十年代末期紅得發紫，因爲文學步向庸俗化、商品化的結果，導使中國大陸文學、電影的品質低落。他的小說〈橡皮人〉改編影片「大喘氣」，敍述一個痞子丁建，一天到晚倒汽車、倒彩電、玩女人，只要賺錢啥事也幹。這種影片竟然也受青年歡迎。在他小說〈一半是火焰，一半是海水〉中，男主角張明的靈魂醜惡，專幹用女人肉體敲詐洋人外匯的骯髒交易。他把女友亞紅作爲性工具，也是非法牟利工具。等到張明對這類交易幹膩了，分贓時面對一疊疊外匯券，也只冷冷地吐出一聲：「眞他媽沒勁！」

這位滿族青年王朔的〈一半是火焰，一半是海水〉小說男主角張明，他既不種田，也不做工，更不流一滴汗水爲社會人羣服務，他自稱「我和一百多個女的睡過覺」，「我是勞改釋放犯，現在還靠敲詐勒索爲生。」他還曾對別人說：「所以我抓得挺緊，拚命吃拚命玩拚命樂。活著總要什麼都嘗嘗是不是？每道菜都挾一筷子。」像中國青年都具有這種世界觀，中國還有什麼希望？

過去四十年來，中國大陸的小說描寫兩性關係，非常保守而且避諱，這是眾人皆知的事實。

八十年代的小說，對於兩性關係的描寫已經大膽多了。王朔在〈一半是火焰，一半是海水〉中的描寫，顯得粗糙而單調，可見他的文字技巧尚不圓融純熟。

> 這套房子是那種大批興建的普通公寓，牆壁很薄，房間悶熱，脫衣服很順利。我沒開燈，這樣可以使她勇敢些。她的確很鎮靜，甚至在接吻時我還覺得她挺老練。當然，她告訴我她是「第一次」，我也跟她說我是「第一次」。後來，她疼哭了。她竭力忍著，我沒聽到一聲啜泣，房間一片漆黑，什麼也看不見，但我已經感到有點不對頭了，她沒騙我！我摸她的臉，摸到一臉淚水。

像王朔這種不够水準的小說，竟然在八十年代末期走紅，實在讓人發笑。據說王朔的小說接連拍成影片之後，水漲船高，連官方文學刊物也請他發表有關寫作的雜感文章。

王朔曾說：

> 不要將文藝搞成少數人的特殊嗜好。
>
> 我覺得文學應當有兩種功能，純藝術的功能和流行的功能。而我總試圖找一個中間的點。你能看出更深的東西你就看（當然有沒有更深的東西是另一碼事），你不能看出更深

的東西，起碼也讓你看一會兒❹。

這種似通非通的話，若是出自海外華文報刊，不足爲奇，但它竟然發表在《人民文學》，實在讓人震驚。

如果說文學是現實社會的具體反映，那麼王朔的小說，也是反映出改革開放後的城市人物的現象。但它是極少數的失業青年。王朔以這種題材從事小說創作，他的出發點決不是爲了反映社會黑暗面，而是爲了爭取作品暢銷，撈取鈔票而已。由於王朔這種通俗化、庸俗化作品問世，進而產生了所謂「玩文學」的詞彙。

我們認爲作家是人類靈魂的工程師，確有其深遠意義。文學家所以受到人們尊敬，就是由於他具有爲讀者抒解苦悶，指引方向作用。文學固然有娛樂的成分，但那並非爲娛樂而從事創作。在一個把文學看作莊嚴而神聖的工作，過去視文學爲政治服務的社會裏，如今竟有人喊出「玩文學」的口號，實在令人訝異。固然文學爲政治服務有些死板、僵化，但是「玩文學」的荒唐口號，更是令人不敢苟同。新時期文學，開放自由，確有它的優點，因而一小撮打著自由的旗幟，追求放任自由，終日喝酒、吹牛，他們玩深沉、玩瀟灑、玩世、玩人、玩自己、玩文學……怎麼

---

❹ 王朔《我的小說》，一九八九年三月號《人民文學》雜誌。

痛快怎麼玩，這就是所謂「玩文學」的來由。

他們甚至連說話也是非常自由，想怎麼說就怎麼說。劉毅然的〈搖滾青年〉有一句話：「把語言的子彈放在連發上」，如「成成成成啊！」

他們誰也不相信，連自己也不相信。王朔的〈一點正經沒有〉中有一句話：「我們誰的同志都不是！」這就是八十年代北京文學青年的話。儘管他們「玩文學」，但是卻忘不了賺人民幣，這是事實。

小說家王蒙是「玩文學」的代言人。他提起一九八〇年在美國愛荷華大學，看到美國女作家格瑞斯·培麗，她是嚼著口香糖講演。「她非常關心社會生活，很關心政治，而且有她自己的傾向性，但她談到文學時認為是遊戲。」

王蒙接著對「玩文學」提出辯護的話：

> 我倒想為「玩文學」辯護一下。就是不能把文學裏面「玩」的因素完全去掉。人們在鬱悶的時候，通過一種形式甚至很講究的形式，或者很精巧、很宏大、很自由的形式來表達自己的鬱悶，是有一種自我安慰的作用，甚至是遊戲的作用。通去很多中國人講「聊以自娛」。寫作的人有自娛的因素，有多大還可以再說，至於讀文學的人有自娛的因素更加難以否認。也就是你我都有「玩文學」的因素，但是完全把文學看成「玩」會令許多人通

不過的❺。

首先我們應該明白，每一個國家的人民有它不同的習俗。美國女作家嚼著口香糖講話，顯示出它民族的特性。若是咱們中國的作家口含口香糖，向青年人講《紅樓夢》便覺不倫不類，貽笑大方。同時，格瑞斯·培麗說「文學是遊戲」，我們也不必跟她學習。王蒙提出我國人常用「聊以自娛」來爲「玩文學」辯解，有些南轅北轍之嫌。孰不知「聊以自娛」也者，乃是一種謙抑之詞。貝多芬說過：「我爲何創作，因爲我心內的情感要嘔吐出來。」從貝多芬的話可以證明，一個藝術家從事創作，猶如一個孕婦十月懷胎一樣，首先要通過長期的痛苦，最後才獲得分娩的喜悅心情。試問一個小說家拿起了筆，只是爲了「玩」、「遊戲」而寫作麼？若是曹雪芹、托爾斯泰聽了「玩文學」這個玩世不恭的詞彙，他們一定氣得跳腳罵娘的！

三

凡是關心八十年代大陸小說的，都會發現一個巨大的變化，那就是隨著改革開放，描寫性題

---

❺王蒙、王幹〈文學這個魔方〉〔對話錄〕，《文學評論》一九八九年第三期。

材的小說幾乎形成泛濫的趨勢，這是值得深思的課題。據一位大陸女作家談起一九八六年的文學作品，說過這種令人觸目驚心的話：

> 居於領先地位的大、中、小型刊物的作者與編者已經不耐煩再說什麼夫妻之愛、情侶之愛——這在八年前對中國人說來還是那樣新鮮，只要想想〈愛情的位置〉那種小說在當時引起的轟動——而孜孜於陽痿、盜嫂、畸型戀、不開化戀與早戀……

這種黃色的禍源，應該歸罪於一些文學評論家，若不是他們瞎捧起閧，把一位尚未成熟的小說家莫言，捧得暈頭轉向，文學不會發生如此黑白不分、是非不明的混亂現象。莫言是我們山東同鄉，在戰火紛飛的年代，在半夜最怕狗叫的年代，在日軍猶如野狗般地下鄉掃蕩，鬧得鷄犬不寧的年代，我所經歷的比莫言要廣濶些，而且深刻些。因此他的《紅高粱》系列小說，讓我讀後不禁滿面通紅，羞愧萬分，恨不得把自己的籍貫欄內塗掉「山東」二字。

這位出生於山東高密鄉村，只渡過短暫的少年時期的莫言先生，他所看到的、聽到的也僅是五十年代末期的高密現象，但是他卻道聽途說，寫出抗日時期他奶奶的風流史。甚至還拍攝出辱華影片，讓千萬碧眼黃髮的觀眾，鼓掌叫好：「看哪，這就是支那文化！」

作為人類靈魂的工程師的作家，若是以黃色刺激讀者，應該值得慚愧。由於黃色題材的銷路旺盛，甚至還影響了軍事題材作品。張廷竹的〈拂曉〉，描寫一個國軍將領孫子，也就是排長宋長庚，當他赴越南邊境作戰以前，要求和他的女友作愛，他持的理由是宋家應有後代；最妙的他那個紅軍將領後代的女朋友，竟然非常同意為「曾祖父和外公都是將軍」留下後代，一拍卽合，完成好事。為「龍生龍、鳳生鳳，老鼠的兒子會打洞」留下佳話。

請欣賞那位自述「奶奶是個性解放的先驅」的莫言作品吧：

高密東北鄉無疑是地球上最美麗最醜陋、最超脫最世俗、最聖潔最齷齪、最英雄好漢最王八蛋、最能喝酒最能愛的地方。

《紅高粱》

這場轟轟烈烈的愛情悲劇，這件家族史上駭人聽聞的醜聞、感人的壯舉、慘無人道的獸行、偉大的里程碑、骯髒的恥辱柱、偉大的進步、愚蠢的倒退……

〈紅蝗〉

作為一個中國的讀者，對於許多違反倫理、黃色新潮小說，是有排斥性的。因為數千年溫柔敦厚的文化薰陶，優美眞摯的文學小說還是受到廣大讀者的歡迎。

過去中國大陸的小說，固然也有一些粗俗罵人的語言，丁玲的《太陽照在桑乾河上》，便是例證。但是丁玲的那部以描寫土改爲背景的小說，畢竟生活根基厚，藝術功力強，稱得上是優秀作品。

新時期的小說，有的粗俗野蠻，隨便摘錄幾句下來，便見一斑：

> 一切都要從我第一次遺精說起……
>
> 這聲音好似處女破身的呻吟，孕婦生產的痛叫，性瘋狂的人作愛時發出的狂喊……
>
> 他曾經給我看過他的生殖器，比任何人的都大。我坐在豁子前面上課時經常聽見他隨意放屁打嗝……

這是料想不到的變化。從傷痕文學發展到黃色泛濫，這是新時期文學的畸型發展過程。

一部文學藝術作品，不管它有無藝術成就，只要得到外國學者或文學團體的獎勵，便會一炮而紅，這是令人極爲憤慨的話題，這也是民族自卑感的具體表現。從莫言的小說同名改編電影的「紅高粱」，原是一部荒唐、怪異，侮辱中國婦女尊嚴，破壞倫理道德的故事片；但它迎合了碧眼黃髮影評家的胃口，竟然獲獎。於是，這部荒謬的影片卻受到世界的矚目，同時原著小說也水漲船高。這就是新時期文學商品化的現象之一。

據說在一九八六年上海金山召開的漢學家會議上，外國學者對殘雪的小說感到興趣，熱衷介紹❻。於是這位湖南長沙的女小說家，便紅了起來。猶如中了彩券，昨天的作品還是默默無聞，通過這次有外國學者參加的文學會議，殘雪的小說竟然暢銷起來。

殘雪的小說人物，簡直不像人，每一個都是精神變態者。他們狂躁、猜疑、妄想、痴呆、憂鬱、冷漠，而且具有性變態症候；最奇妙的這位女裁縫師傅創造的人形木偶，不中不西，不男不女，彷彿是來自另外一個星球的「怪人」。

殘雪有一個短篇小說，題目我看不懂，內容更是讓我鴨子聽雷，不知所云。這篇題爲〈我在那個世界裏的事情〉的小說，它最後一段是這樣寫的：

> 朋友，時候到了，你聽，燃燒的冰雹正像暴雨一樣落下來。透明的大樹搖擺著潔白的華蓋，海水肉感地躍動。我和你手牽手升出海面，瞇縫著眼淋浴著冰的光焰，用胸腔唱出「媽媽的鞋子」……

從八十年代初，中國大陸文學隨著改革開放的浪潮，引進了五花八門的文學形式，許多愛好

---

❻ 見程永新編《中國新潮小說選》三七〇頁編後語，上海社會科學院出版社一九八九年版。

新奇、迷信西方思潮的文學青年，一窩蜂般地追求模倣、盲目推動，因而文學形式出現不少莫名其妙的花樣，但是愈是荒謬怪異，愈是無人敢於批評。例如殘雪的一篇囈語般的短篇小說，就是在最具有代表性的文學刊物《人民文學》發表的，這就是一九八五年第七期上的〈山上的小屋〉。儘管她的小說古怪、醜惡、晦澀、神經兮兮，可是它猶如具有特權一樣，誰也不敢把它轟下文壇；相反地，殘雪在翌年（一九八六年）發表了〈霧〉、〈曠野裏〉、〈蒼老的浮雲〉、〈布穀鳥叫的那一瞬間〉、〈天窗〉、〈我在那個世界裏的事情〉、〈阿梅在一個太陽天裏的愁思〉、〈黃泥街〉和〈繡花鞋及袁四老娘的煩惱〉，殘雪竟然在文學界興風作浪了！

母親出走後，父親的腿變成了兩根木棍；
我的話一吐出來就凝成一些稀糊糊，粘巴在衣襟上面；
她的藍臉上爬滿了黑蟲子。

〈霧〉

壁上的掛鐘在打完最後一下時破碎了，齒輪像一羣小鳥一樣朝空中飛上，地上濺著一灘沉痛的黑血。

〈曠野裏〉

我在墓碑間踱來踱去，一擡頭，看見天上懸著一隻通紅的玻璃酒杯，昏濁的黃酒翻滾著泡沫，從杯邊溢出來。

〈天窗〉

那是我的小弟，他在一夜之間長出了鼬鼠的尾巴和皮毛。

〈天窗〉

那老頭的聲音從牙縫裏吱吱叫。我回過頭，確實看見了他，原來他是一隻老鼠。我記得這老頭原來不是一隻老鼠，但牆邊這隻老鼠的確是他。

〈布穀鳥叫的那一瞬間〉

所有的事情彷彿是眞的：栽種在走廊水泥地上的蘋果樹結出了碩果；窗前出現駱駝的神祕剪影；藍皮膚的婆子像馬蜂一樣展翅飛翔；三妹的未婚夫變成了掛在牆上的假面。

〈種在走廊上的蘋果樹〉

殘雪的小說人物，清一色的神經病患者。她在〈山上的小屋〉中主角的眼睛裏，母親的笑是虛假的；父親窺視自己的眼睛竟然像狼的眼睛一樣發出綠光，而他目光所及之處，不僅讓人感到發麻，還會發出一粒粒小疹子來。殘雪筆下的女人，總是神經兮兮，緊張兮兮，彷彿隨時四周有人跟蹤她、監視她，而且還時常赤裸身體，暴露在讀者的眼前。

殘雪的長篇小說《突圍表演》，描寫一條叫作「五香街」的黃色姦情，通過這段姦情所發生的黃色現象。這是當前臺灣、香港和大陸的一部低劣而荒唐的小說，這也是新時期中國大陸文學的現象之一。

作者筆下的五香街性文化，彷彿非常注重「精神性」，那即是除了發洩性慾之外，要懂得「意淫」或「感情交流」。作者的小說人物說，「五香街居民的生殖力是很強的！」但作者卻創造出一種性的高級形式，用思想和語言進行性活動。

這部長達二十五萬字的小說中，有一個「可愛的寡婦」，她不但「性感」，而更「富於性的挑逗性」，同時「具有強烈的性慾，這種性慾一直保持到了她的老年仍然絲毫未減」；最令人驚訝的則是殘雪筆下的寡婦卻是「一生中自始至終將自己的性慾壓抑下去，從來也未與過世的丈夫以外的任何男子發生實實在在的肉體關係。」這種前後矛盾的說法，怎能掩飾它的低劣而下流的本質呢？

作者藉着這位「可愛的寡婦」，創造出「寡婦文化」，它的特點四條：一、性慾極強，表現出一種「朝氣蓬勃、奮發向上」的自強精神；二、極能克制，重精神而輕物質、輕肉體，廣泛推行一種高尚的「精神上的友誼」，甚至主張在夫婦間實行沒有肉體關係的精神戀愛，以便維持羣體的和諧，激勵大家去「共同創造歷史」；三、具有「意念淫」的天才，以一種源遠流長的直覺體驗能力，洞穿一切人的隱私，「如親身經歷一般」構思出人的目力所達不到的所在，從而永遠維繫五香街人的意識形態爲一邏輯上一貫、人人心領神會的合情合理的整體；四、具有強大的同化力，最頑強的個性在她博大的胸懷中都不能不受到慈母般的關懷，不能不融化在一種集體的溫情裏❼。這就是殘雪創造的偉大而聖潔的「母親（寡婦）」形象。

這部長篇小說，其結尾是這樣寫的：

> 在一個多雲的早上，X女士步行到郊外，坐在很久以前，她在上面與一年輕小伙度過了一夜的一塊石板上，她還在石板上撿到一小硬幣，那是那天夜裏從小伙的口袋裏掉出來的。她回憶起那天夜裏的種種事情，回憶起最終她們是怎樣的並沒有成其好事，想到這個地方，她就無緣無故地笑了起來，笑過之後，就將撿到的硬幣用力一拋，拋到遠處的草叢裏去了。她不知道，就在不遠的灌木叢裏，埋伏著我們五香街的兩個偵察兵呢？X女士一

---

❼ 沙水〈表演人生〉，《文學評論》一九八九年第五期。

> 大早的行動太使人放心不下了，我們不得不派人尾隨她，萬一她出了什麼意外，整個破壞了我們的計畫，那是一種丟臉的事。看見她在石板上坐下之後，我們的偵察兵就猜想，她是不是在等P？他們是同時想到P這個人物的，這個人物在五香街太深入人心了。要是果眞在等P，那他倆看到的，就是最爲驚心動魄的一幕了。他們爲這個想法激動得要命，眞想念出一種符咒，將那不知身處何地的傳奇人物P召喚到此地，了卻五香街人的心願。他們等了又等，那人物遲遲不出現，卻看見X女士仰面攤在石板上睡著了（也許是裝睡）。
>
> X女士的確是睡著了，當然也可以說沒睡，因爲她的夢清澄如白晝，她的眼睛張得很大很大，什麼也沒有看見。她就這樣睡到黃昏，然後打了一個哈欠站起身來，朝五香街的所在走去。我們的偵察兵隨其後，看見她腳步輕快，向著明天，向著美好的未來邁步。偵察兵突然感動了，他們大聲嘆道：「從歷史的宏觀背景來看，發生在我們五香街的事情，是何等可歌可泣啊！」這極其壯觀的一幕，當然很快就出現在筆者的記錄本上了。經過這一系列的洗禮，現在大家都公認X女士「妙不可言」了，連寡婦也不例外。當然這「不可言」的感受，各人都是不盡相同的。

殘雪的小說荒謬可笑，不知所云，卻受到中國大陸文學界的矚目，這是值得深思的課題。所謂作家創作自由，只是不干預、不作過分的限制；但是若盲目模倣西方文學形式，甚至擾害讀者心靈、影響讀者健康的假文學作品，文學評論家應該趕快予以嚴厲批判，否則那會害了讀者，也害了中國文學！

殘雪的小說〈瓦縫裏的雨滴〉、〈阿梅在一個太陽天裏的愁思〉、〈黃泥街〉，曾在一九八七年刊登於美國《知識分子》雜誌。她的小說受到外國文學界歡迎，這一方面由於機遇，其次是對準了他們民族的胃口，但這並不等於殘雪的小說的影響力，否則那才是最愚蠢的誤會。我非常同意巴金先生的話，他說諾貝爾文學獎並不能肯定中國文學的成就。換言之，一部文學藝術作品受到外國學者或文學團體的獎勵，並不值得炫耀與欣喜，中國文學作品的眞僞與好壞，十一億人民的眼睛與心靈自有公正的評價。

四

從新文化運動以來，小說在創作形式上發生巨大的變化，傳統的章回小說的舊形式，爲寫實主義的新形式所代替。但是，新小說在形式上如何革新，它的內容必須符合中國人的閱讀習慣，換句話說，任何新小說的語言應該讓讀者看得懂才行。

八十年代的中國大陸小說，由於少數作家盲目模倣西方技巧，讓人讀過小說感到痛楚、別扭，彷彿吃過隔夜的涼粽子般地難受；有些看了半天，猶如看無字天書。

麥考萊說：「年輕人，我越想越弄不清你是從哪裏學到了這樣一種文體。」現在請你看看新文體吧：

你瘋啦你瘋了嗎你肯定發瘋了。是她要我幹是她願意的是她挑逗我的。她懂什麼她懂什麼她還是個孩子你卻什麼都懂你完蛋了你知道你在幹些什麼呀！怎麼啦怎麼啦難道我不能夠嗎我沒有這個自由嗎沒有你囉囉嗦嗦生活也已經夠煩惱了你還囉嗦個屁！你愛她嗎你喜歡她嗎她理解你嗎世上誰能理解你這傢伙稀奇古怪的心境夠了夠了你別再像獸似的發洩你的情慾。

張寶發〈奇境〉

還有一種新形式，取消標點符號，所謂「新古漢語」形式。如果你一口氣唸下來，噎不死的話，算是祖上積德啦。

你出來你出來坐在這個位置表情自然一點就像平時一樣沒有關係說一說你為什麼主動要求回到山區這對應屆畢業生可是大有教育意義回去就要播放做為特急消息發在新聞的頭條這是省委的指示到時候全省都能看到你中央臺有可能播因為現在太難找這麼生動的事例

預備開始。

王小克〈伊甸果〉

過去我看趙樹理、柳青、周立波、吳強的長篇小說，那樸素的具有中國風格的語言，令人沉浸在濃郁的鄉土感情中。如今看過八十年代的中國大陸小說，卻感覺自己神經飽受折磨，那不中不西、似通非通的語言，讀起來像聽鴨子講話，根本弄不清什麼意思。

您可以將我們的小說的主人公叫做向明，或者項銘、響鳴、香茗、鄉名、湘冥、祥命或者向明向銘向鳴向茗向名向命……以此類推。三天以前，也就是五天以前一年以前兩個月以後，他也就是她得了頸椎病也就是脊椎病、齲齒病、拉痢疾、白癲風、乳腺癌也就是身體健康益壽延年什麼病也沒有。……然後掛不上號找不着熟人也就沒看病也就不暈了也就打球了游泳了喝酒了做報告了看電視連續劇了也就根本沒有什麼頸椎病乾脆就說是沒有頸椎了。

王蒙〈來勁〉

我們的面孔紅潤，興奮來得昏昏然。三個人日以繼夜揮汗運思苦心勾勒出的遠非是一堆雜七雜八怪誕不經的大如金蟲銀獸攪拌著骷山髏水的形象。與其說在這幾十米方圓之所竟經歷著一次人生壯麗的旅程，勿寧說是在時刻想像著呈現給這個世界一束跋扈的黑質玫瑰。

盧荆林〈文身〉

你說他媽的人是這麼奇怪你從茅屋裏出來再也不想回到茅屋中去，鬼才相信天下有過隱士有過煉丹者有過從未出過院落的修女甚至外國的狄金森你也認爲是無聊的杜撰。

王俊義〈你和母親的意識流〉

路大曉得教書。曉得教政語數理化還有體育還有美術還有音樂。曉得譜曲作詞拉高胡二胡板胡京胡提琴彈揚琴吹口琴笛子簫。曉得打籃球乒乓球推鉛球甩標槍跳高跳遠耍單槓跑步。曉得畫油畫畫國畫水彩畫臨摹素描。曉得寫楷書草書行書隸書和篆書。曉得下象棋軍棋跳棋五子棋海陸空戰棋打撲克字牌骨牌。

姜貽斌〈路大〉❽

❽ 轉引自黃浩〈文學失語症〉，《文學評論》一九九○年第二期。

我們從這些作品可以看出新時期所謂新潮小說，就是變得突兀，變得離譜。這種模倣西方落伍的創作技巧，猶如用撲克牌算命，既無生活氣息，亦無生活內容，只是玩弄文字遊戲。最令人不解的則是八十年代的文學評論家，彷彿還在推波助瀾，助長這股風雲莫測的新小說潮流，這確是值得深思的問題。

曾被香港列為「一九八八年最好的小說」⑨——劉恆的〈伏羲伏羲〉，描寫一個嬸侄通姦的亂倫故事，他倆的結晶楊天白，為了復仇，釀成了逼殺生父、逼走生母的悲劇。這個情節有如莎士比亞的悲劇哈姆雷特。最妙的則是作者寫作的語法，也呈現出洋味十足的味道。讓人讀起來像讀外國翻譯小說：

他（楊金山）想到她和他的時候似乎是在想著庭院中的兩件擺設，因此他絕不能料想重重的山嶺背後正在深化的一個進程，也絕不能料想在屬於他的田野裏如何爆發了一項衝突。那是和間苗或鏟草完全無關的事件，卻更為勞累。侄子強健過人的肌體在他反覆耕耘的田壠裏伸進了犁鏵，並且比有效百倍地狂放著種子了。

---

⑨《中國小說一九八八》，黃子平「序」，香港三聯書店一九八九年版。

余華的〈世事如煙〉，也出現一種令人頭痛的人物符號，這也不知是他發明的，抑是從海外吸收的舶來品。

> 在病倒的那天晚上，7清晰地聽到了隔壁4的夢語，4是一個十六歲的女孩，她的夢語如一陣陣從江面上吹過的風。隨著7病情的日趨嚴重，4的夢語也日趨強烈起來。因此黑夜降臨後4的夢語，使7的內心感到十分溫暖。然而六十多歲的3卻使7躁動不安。4一病不起以後，無眠之夜來臨了。他在聆聽4如風吹皺水面般夢語的同時，他無法拒絕3與她孫兒同床共臥的古怪之聲。3的孫兒已是一個十七歲的壯年男子了，可依舊與他祖母同床。他可以想像出祖孫二人在床上的睡態，那便是他和妻子的睡態。這個想像來源於那一系列的古怪之聲。

讀這種新小說可以治療失眠症。因爲讀後感到暈頭轉向，不久便會墜入夢鄉。同樣能夠讓人引發奇異幻想症的小說〈信使之函〉，也有令人慘不忍睹的詩意文字：

> 信使反覆傾聽環境的喝語，信使驚恐地在內心獲得一種血腥的節奏一種龜裂的韻律。通過它們，我得以維持內在的故鄉感和對棄我而去的幼稚經歷的眷戀以及對街景的審美義

上的迷信。

在某些必要的省略之後，我們在不死鳥的棲息之地摸索著向對方伸出手去，詩意的描述在史記之初就被細心的默想者分行編入蟬翼般的宣紙，在洪峰到來之前的片刻寧靜中，生命媾合的幻象歷歷在目。衝動的沉淪由西向東演化成沉淪的衝動，意念在世代相傳的風俗的深處造愛，世襲的婢女在參天古樹的枝叉上懸掛她們憤怒的心願，思辨的華蓋上結滿了僅供鼓跟蜘蛛爬行的甜膩的網絡，風格的小腹上站滿了披荊斬棘的探險者，他們纖弱的骨架在互相撫摸之中格格作響。籍貫使他們告老還鄉，方言使他們箝口不語。在一本糜爛的黃曆的點劃之間他們找到了落葉歸根般命中註定的良辰吉日❿。

如果新時期文學像這樣自由地發展下去，我是非常爲它擔憂的。但是當前中國大陸的文學批評家，卻肯定在萬花筒般的世界裏，文學是幻影和夢，追求形式的突破是新時期小說的特點。我們認爲，只追求形式上的變革是不行的。既使吸收了西方的新形式，也要注意符合中國讀者的喜見樂聞的要求。所謂內容決定形式，這的確是放諸四海而皆準的文學創作原則。因此，盲目地模倣外國已經過時的新技巧，若是不能化爲民族傳統風格，不僅不能爲國人所接受，反而發生東施

❿〈信使之函〉爲孫甘露作，採自程永新編《中國新潮小說選》，上海社會科學院出版社一九八九年版。

效顰的笑料。

從八十年代初，中國大陸數位研究外國文學的教授，發表了幾册有關現代派的專書，引起了文學界的矚目。隨著經濟改革開放的潮流，文學也隨著開展西化運動，於是現代派的論爭開始沸騰起來。有關雙方爭論的文章，我也曾閱讀過，我總認爲吸收外來的創作技巧，乃是擋不住的潮流，但是形式的轉變要有一定的時間考驗，任何新來的流派若不能適合中國民族的文化特點，它是難以流傳下去的。從新文化運動以來，早已打破了章回小說的形式，但是張恨水卻能運用舊形式，寫出不少爲廣大讀者歡迎的小說，甚至連魯迅的母親也是張恨水的忠實讀者。這確爲內容決定形式作出有力的見證。張恨水說過：

> 新派小說，雖然一切前進，而文法上的組織，非習慣讀中國書，說中國話的普通民眾所能接受。正如雅頌之詩，高則高矣，美則美矣，而匹夫匹婦對之莫名其妙。我們沒有理由遺棄這一班人，也無法把西洋文法組織的文學，硬灌入這批人的腦袋⓫。

契訶夫曾經直率地說：「最優秀的作家都是現實主義的。」他指的是小說家，他對詩人卻不

⓫ 這是張恨水於一九四四年五月十六日在重慶文化界紀念張恨水五十生辰、創作三十年茶會上，發表的「總答謝」講稿。

敢作此論斷。放眼世界文學，在將近一百年間，文學的流派猶如雨後春笋，讓你看得眼花撩亂。作爲一個優秀的小說家，我覺得還是應該勤勤懇懇地體驗生活，反映生活，眞正地爲咱們苦難的中國同胞而服務，作他們忠實的代言人。這才是文學家的眞正使命。

五

如果說文學是現實社會的一面鏡子，那麼我們從當前一些青年作家的作品中，看到不少玩世不恭的青少年，叨著紅塔山牌煙捲兒，戴著墨鏡，走在商品化社會的鬧區，他們懷著嫉妒不平的心理，對於每個比他穿著整潔的人都表示憤恨與蔑視，而他自己卻異常的孤獨，彷彿他是被這個溫潤社會遺棄的人。否定一切，漠視一切，這就是八十年代中國大陸青年的普遍心態。這是非常嚴重的而且是悲涼的青年問題，我在讀一些青年小說家作品時，不禁毛骨悚然，內心沉重至極。

從一九四二年五月二十三日，毛澤東在延安文藝座談會上的講話發表以來，文藝成爲政治的工具，因而漠視了讀者的七情六慾的精神享受。但是，在過去四十多年來，大陸上的億萬青年的精神，還保持著亢奮狀況，這是無可否認的事實。新時期的文學作品，大半擺脫了文學爲政治服務的束縛，卻又陷進另一個無底的陷阱，那則是青年人否定一切、懷疑一切，如同俄國十八世紀的虛無主義泛濫情況。這些青年不知工作，只知追求自己的享樂，而這些拿著筆桿從事文學創作的青年，他們精神墮落、觀念模糊，因而創作即是做著使行屍走肉日益增多的工作。

現在，讓我們去青年小說家劉索拉府上參觀吧，看一看她的文化生活實況：

一九八五年，一個陽光明媚的上午，我們來到劉索拉家門口，只聽見裏面的錄音機開得震耳欲聾。敲了半天門，劉索拉方來開門。……我們走進屋子，發現只有劉索拉一人在家。天氣很熱，劉索拉拿出飲料和水果，又跑去擰低錄音機的音量。乘此間隙，我環顧一下屋內：家具氣派。擺設雅致。榻榻米床上，凌亂散放著幾本類似《健與美》這樣的刊物。我竟沒找到一本正兒八經的文學書籍。劉索拉請我們聽她剛灌好的一盒磁帶，頓時，一串串不諧合音像一羣金蜂在屋內狂飛亂舞，劉索拉在錄音機裏唱著，歌聲嘶啞，時而低低泣訴，時而高吭激越，沒有規律，沒有節制，但讓人感受到一種強烈的欲展翅飛翔的渴望……我們像傻瓜似地被金蜂包圍了許久。後來幸虧瞿小松歸來，才使我們不致於發瘋⑫。

若是劉索拉住在臺北，她把「錄音機開得震耳欲聾」，鄰居若不羣起而攻之，也得把她告到

---

⑫《中國新潮小說選》一五二頁「編後語」，上海社會科學院一九八九年四月出版。

警局去。因為她侵害了鄰居生活的安寧。只有中學水平的功課甚差的少年，才會作出這樣的事情。至於劉女士看《健與美》，不看文學作品，那並不影響她的小說家聲望；只是她強迫剛認識的客人聆聽她那鬼哭神嚎的歌聲，實在是非常失禮的事。古人常謂「人情練達即文章」，像劉索拉這樣粗心大意，近乎神經質的人，她怎麼能寫小說作「靈魂工程師」呢？

現在，讓我們探索一下劉索拉的心靈吧。她的短篇小說〈多餘的故事〉，具體地反映出她否定一切、懷疑一切，對於現實抗爭的心理。

我想安安靜靜地在業餘時間學著像某些人那樣思考，把一個芝蔴大的事像拽麵條那樣拽幾里長，把好人看成殺人犯，把接吻說成亡國之患等等。……奶奶搖著大蒲扇說：「做人要有把尺子。」這句話被奶奶用扇子扇出來冒了股煙就沒了……尺子是有的，但多寬多長是塑料還是有機玻璃還是鋼是鐵是銅是鋁製成的，奶奶沒說。奶奶漫不經心還是別有用心說了成千上萬堆話，哪句是眞哪句是假哪句是對哪句是錯攪在一起搞不清爽，直到如今我想專攻思想家專業時也仍覺得沒資格評論奶奶。

從劉索拉的小說裏，流露出她的懷疑主義性格。這猶如一八四〇年代的巴札洛夫，他們熱衷於褻瀆先輩，嘲笑傳統的規範，對於任何人的勸告都感到可笑，甚至連作者的奶奶的話也不盡苟同。劉索拉的懷疑主義的性格，代表了二十世紀八十年代中國大陸的青年心態，我們可以否定了劉索拉，可是我們卻否定不了歷史。

若是在文革以前，劉索拉的文學水準根本連壁報也登載不上去。但是在新時期的文學，她竟然稀里糊塗成了作家，這是文壇的悲哀。最使我感到莫名其妙地竟然還有人研究她的小說。

劉索拉的〈多餘的故事〉，首先胡扯了一遍做人處世道理，接著來個全盤推翻、打倒。下面作者爲電視臺寫歌詞，因爲她懂得音樂，每篇小說都圍著音樂轉。筆鋒一轉，來了一個穿長筒靴、皮大衣、嘴唇塗得血紅的女人，來找她丈夫老黑。兩個女人扯了半天，誤會冰釋。最後劉索拉唸出自己寫的新歌詞，結束了這篇既非散文、又非小說的「新潮小說」。

結尾的「歌詞」是這樣的，實在令人費解：

當你照完鏡子時你想了什麼我不想知道，
當你失去了往日時你想了什麼我不想知道，
當你疲倦時你想了什麼我不想知道，
當你故作鎮靜時你想了什麼我不想知道，
是什麼讓你失去了青春又看著別人的青春不順眼？
是什麼讓你失去了貞操又看著別人的貞操不服氣？

是什麼讓你失不去貞操又看著別人的失去乾着急？
是什麼讓你不適時宜地選擇著摩登服裝和字眼而你愛人卻在家幻想著另一個異性？
是什麼讓你從我們面前走過面色焦黃呼吸不匀想唱不敢唱想說不敢說想跑開不敢跑開？
是什麼讓你驢頭不對馬嘴地說東道西旣騙自己又騙別人還自以爲是過來人？
你過什麼過來了？過來什麼了？過什麼了？過了嗎？
在你那個沒天沒地沒哭沒笑沒歌沒愛沒叫沒罵沒他沒我沒這沒那的世界裏，無論雞下第一個還是第七個蛋都是臭鷄蛋。

劉索拉把傳統像扔破鞋似的扔出去，卻解決不了內心的迷茫與苦悶。她的數得出來的四、五篇小說，都曾流露出這種矛盾心理。她的成名作〈你別無選擇〉，寫一個整天賴在床上不起來的李鳴，傳統的價值標準在他心目中已經完全消失，但卻建立不起自己的價值尺度，這就是現代靑年的最大悲哀。這篇小說一開頭是這樣寫的：

李鳴已經不止一次想過退學這件事了。有才能，有氣質，富有樂感。這是一位老師對他的評語。可他就是想退學。

作爲人們精神食糧的文學，在八十年代大陸青年作家的眼中，已成爲落伍的詞彙。李鳴想「退學」，和賈寶玉反對科舉一樣，否定傳統。但是，這些大陸青年畢竟還是幼稚、天眞，當他否定了傳統，卻只埋首在酒和嘆息中，怨天尤人，浪費青春。有的比較聰明者，「玩深沉」、「玩文學」，對於一切採取戲謔、無賴、不負責任、消費人生的態度，反正「玩」嘛！這不是精神和文化上的墮落是什麼！

普列漢諾夫說：「蘋果樹一定得結蘋果，梨樹一定得結梨，一個墮落時代的藝術一定得墮落，這是不可避免的，你生氣也是枉然。」我希望劉索拉這些青年作家的小說趕快消失，像扇子扇出來的「冒了股煙就沒了」。但願我的希望將迅速地變成事實。

第五章 新時期小說評介

一、杜埃《風雨太平洋》

杜埃的長篇小說《風雨太平洋》，是以第二次世界大戰時期，菲律賓華僑組成的一支抗日游擊隊所經歷的鬥爭史實作背景而寫成的。記得一九八五年五月我來馬尼拉講學時，曾見華文《世界日報》副刊連載。同年十月第一部出版。一九八八年五月第二部出版，預計出版三部。這部以華僑抗日鬥爭作題材的長篇小說，是新時期中國大陸文學的重要作品。

我對於菲律賓的風土人情稍微瞭解，如今還住在棉蘭佬島，因此我對於三十年代崛起的作家杜埃的《風雨太平洋》具有濃厚的興趣。寫作這部長篇小說，正如作者所說「黃牛上樹」，困難甚多。既要顧及史實，而且也得通過藝術加工，同時在語言文字上也有不少隔閡。總的來說，《

風雨太平洋》有它的文學和史料價値，但卻也存在著一定的缺憾。

這部長篇小說是以華僑霍斯特．李的家族作引線，來描寫抗日游擊隊在呂宋島上出生入死，伏擊日軍。書中對這個熱帶國家的景緻，以及中菲人民的友誼，作了細緻而生動的描述。凡是未曾來過馬尼拉的朋友，從這部小說能夠具體地瞭解這座西化的都市面貌；凡是沒看過第二次世界大戰史的朋友，也可以從這部小說瞭解到日軍的侵略本質，以及中華兒女爲了爭取自由而毁家紓難的精神。

作者一開始便描寫馬尼拉著名的海灣馬路，即目前稱作羅哈斯大道景緻：

海灣的熱風陣陣吹來，棕櫚的濃葉瑟瑟作響，高挺的椰樹搖曳著，一派熱帶風光。樹林中間是一條濱海大道，光滑的柏油路面被烈日蒸曬得黑光閃閃。……岸邊草地上許多身穿各種鮮豔衣服的小販，她們大多數是年輕姑娘，在向遊客兜售香甜可口的冰淇淋、鴨胎蛋、榴槤、青椰汁、香菸等等……每當黃昏到來，忙碌了一天的人們都喜歡到這裏來散暑乘涼，呼吸有鹹腥味兒的海風，欣賞那緩緩墜入巴丹半島後海的美麗落日。

馬尼拉市東的著名「華僑義山」，作者也在書上作了細緻動人的描述：

進入牌樓，有一條光潔的柏油馬路，一座座墳墓蹲在那兒，規格形式不一，有涼亭式的，有佛龕式的，有平臺式的，也有小閣樓、小宮殿、小別墅形的，都用水泥或大理石砌成。這些墓塚各有一個小小的墳池，墓地上豎起一座座白色十字架。……斜對面矮山嶺一帶，則是緊挨著的一排一排數不清的沒有墳池只有墓碑的小小墳頭；再遠一點是一排排用白色士敏土封存的長方形棺柩，密密麻麻彼此互相擠挨，露天躺在那兒。墓碑刻上了姓名和何許人氏，沒有銘文、諡詞。不論是繁是簡，墳上的碑頭一律朝西望去，好像表明：命運最後判決他們爲了生活，不得不離鄉背井來到異國他鄉，從此再也回不了家鄉，只有寂寞地蹲在荒郊野嶺，隔著重洋，向太平洋西岸的祖國和家鄉日夜翹首凝望。

杜埃曾在菲律賓生活將近七年時光，他親眼目睹當太平洋戰爭時期，日軍迫近菲律賓首都馬尼拉，美國駐菲總司令麥克阿瑟雖宣佈馬尼拉爲「不設防城市」，但日軍依舊不遵守「海牙公約」規定，對馬尼拉進行瘋狂轟炸，致使這座城市陷入混亂的狀態。在《風雨太平洋》第三章，有這樣寫實的描述記載：

馬尼拉郊外加羅干汽油庫爆炸聲越來越密，紅光滿天，那使人心悸的腰部吐出紅焰的一條條巨蟒似的大煙柱，翻滾著黑煙，直薄雲霄，又在高空散開，變成鋪天罩地的濃霧，黑魆魆地籠住城市；郊區繼續傳來美陸軍殿後部隊炸燬各種軍事設施的巨響，有的像晴天霹靂，有的像地底急劇滾動的雷聲。白鉾板屋頂咣啷咣啷地在空中飛舞，人們喧嘩、哭號、咒罵，一片混亂。警察早已絕跡，社會秩序土崩瓦解。狂奔的人羣在呼兒喊女，扶老携幼，有抱著大包衣物的、有頭上頂著布包的、有扛著箱子的，人人手上都拿著東西，城市中撤退的居民，已沒辦法找到馬車或其他任何運輸工具了。龐雜的逃難人流，比狂潮還要洶湧，他們都朝巴石鐵橋走去，向城市外圍急急疏散。

從馬尼拉撤出的英勇的華僑青年，他們憑著一股爭取自由的意志，走向農村，組成了抗日游擊隊。這些男女青年是純潔的、熱情的，都具有樂觀主義的性格。作者曾敍述一個青年游擊隊員問菲律賓女孩，日軍殺人放火，無所不爲，問她怕不怕日本軍隊？那個姑娘「聳聳肩，噏動小獅子鼻，做了個怪樣，把一條小紅薯塞進嘴裏，嚼了兩口，骨碌吞下去。眨眨兩隻大眼說：日本人在我的肚裏啦。」作者把菲律賓人民的樂觀性格，寫得非常傳神，也非常合乎事實。這是作者通過生活所體驗出來的。

這一支抗日的華僑隊伍，首先來到風光秀麗的拉姑娜湖附近，也合乎歷史事實。太平洋戰爭爆發，日軍於一九四二年一月二日登陸菲島，馬尼拉華僑多半逃向內湖省，也就是拉姑娜湖沿岸村鎮去避難。該地有山有湖，沿湖盡是高大的椰林，低矮的農村，正是抗日游擊隊活動的理想地方。

作者曾以拉姑娜湖岸的朗薩斯村，作爲抗日游擊隊聚集地。這個村莊是呂宋島村莊的縮影：

朗薩斯約有兩百戶人家，村內有三條可供各種車輛走過的石子路，路的兩旁有不少頗爲雅致、整齊的房子。這些菲律賓房子有用黃木結構，或蓋上紅色梓板尖屋頂，或蓋上白鋅板屋頂，或用瓦頂，有的還用薄貝殼鑲嵌成燦燦發光的大窗。這都是日子過得較好的人家。也有不少屋子是用沼澤棕櫚和芒茅搭成的，那便是普通的農家。各家各戶的屋旁和後院都種有香蕉、蕃石榴和一、二棵芒果樹。熱帶茂盛的樹叢把每幢房子間隔開來，形成各自的小天地。也許是爲了防範雨季湖水暴漲，或樓高可以招風涼爽些，房子一律都帶高腳木樁。人住在棚樓上，底層安排農具雜物，有時也可住人。村莊靠山面湖，氣溫較低，景色宜人。

只有在菲律賓農村生活過的人，才知道菲律賓農民的質樸、樂觀與熱情。他們好客，即使窮苦人家，也會主動地把僅有的美好食物拿出來，款待遠方的客人。在《風雨太平洋》第二部，出現一位菲律賓中年婦女番娜，當華僑抗日游擊隊員冒雨進入她的家，她的熱烈招待，簡直讓人有回家一樣的感受。這是咱們中國人民值得佩服的地方。

「誰來啦?」樓上有婦人問道。

「你瞧瞧嘛!」

一陣樓板響,一個穿著短袖、方領、袒露半個乳房的寬敞連衣裙的高大中年婦人,領著幾個男女站到竹梯口,一見莊福,歡叫起來:「華支交通員領客人來啦,快上屋,快上屋!我的主喲,多怕人,個個都成了泥人了。」那個中年婦人嘖嘖驚嘆,挨個兒拉拉這個的手,拍拍那個的背。兩個青年女子提來兩桶水,讓客人在樓梯口沖洗泥腳,脫下雨具,然後將他們引進大廳。中年婦人見還有女甲沙瑪,又嚷道:「還有兩條美人魚剛從水裏游出來,全身濕淋淋的呢!快到裏邊去換衣服。」中年婦人領著李錦治、李麗妲進了裏屋,從箱子裏撿出自己一件挺寬濶的棕色連衣裙,又挑出大女兒留下的一套衣衫,讓姑侄兩人換上。

作者親身經歷了這場戰爭,對於瘋狂的侵略者日本軍隊的暴行,也作了客觀的報導。日軍所到之處,十室九空,鷄犬不寧,這和日軍對我國的侵略行爲相同。七十八章中,有這樣的紀錄:

村子的十來間草房子全給日寇燒掉了,二三十個村民在哀號,咒罵,用棍子在灰燼中找瓦罐子、鐵鍋和一些燒得焦黑的什物，被殘忍割下的畜禽頭、腳和內臟，扔在村口、路邊，密密麻麻的蒼蠅和大螞蟻爬在上面，趕也趕不走；地上扔滿了子彈殼、空酒瓶、空罐頭、香菸盒子和包裝高麗乾菜的空紙袋，幾隻盛水用的瓦缸被砸得稀爛，幾隻完整的米壜子都給日兵拉下大糞，臭氣薰天……

杜埃這部長篇小說《風雨太平洋》雖是戰爭題材，但是由於讀者跟隨抗日游擊隊，從高山到海濱，從農村到城市，而且在戰鬥中還穿插了濃烈的中菲人民友情，以及戰地兒女的愛情，所以並不感到枯燥。作者寫傅里奧和李麗妲的愛情，從兩人相識相愛到暫時的分離，一直保持着純潔的、革命的感情。直到他們二人卽將分手，李麗妲才吞吐地向對方表示愛慕之情。她提起過去在一個晚會上，聽見一個大個子排長唱了一首「藤纏樹，樹纏藤」的山歌。她說進了阿萊耶山，在叢林中果然看見達加藤纏繞樹身，後來一想：「只有藤纏樹，哪有樹纏藤呢？」這個多情的少女的話，並激不起對方的情感。她又說：「這是一個譬喻，就像只有蜜蜂去採花釀蜜，哪有花兒採蜂一樣。」但是，傅里奧有他的隱衷，他離過婚，還有小孩，而且他比李麗妲大十歲。但等他把自己的隱衷說出來，李麗妲卻釋然一笑。

接着，作者這樣寫出這一對戰地青年的情話：

「你說的那些，我都想過，不存在什麼障礙。」她吁了一口氣，如釋重負似的，眼睛凝視著他，仍然依偎著他。

傅里奧聽她說「不存在什麼障礙」，喜得不能自己，抖起膽子，結結巴巴問道：「你愛我嗎？」

她擡起頭來，面對他，端莊地點點頭，就把頭埋進他懷裏。他緊緊地擁抱了她，長時間地吻她。

半晌，她從他懷中醒來，對著繁星映照下的池湖，細語道：「你瞧瞧，那湖上的紅蓮睡著了……」

「你就是紅蓮，又像紅瑪瑙，多可愛，親愛的……」

在這一對戰地青年情侶卽將分手前，傅里奥送給她一把用過的牛骨梳子和一首詩稿，勉勵她去前線殺敵，創造勝利；那個熱情而勇敢的李麗姐，從隊長手中接過左輪手槍和一串子彈，「挺起美麗的前胸，按按腰間短槍」，向著情人揮手道別，走上了戰場。這實在是感人的愛情場景。

《風雨太平洋》這部長篇小說是華僑歷史題材小說，它是五四新文化運動以來難得的作品。它敍述的菲律賓華僑抗日游擊隊，是第二次世界大戰海外唯一的中國人組成的武裝力量。一九四二年二月成立，起初只有五十二人，最後發展到七百多人，編爲六個大隊。在爲期三年之間，參加大小戰役二百六十多次，其中著名的戰鬥十二次，共殲敵二千餘人，繳獲武器九百餘枝。直到日本投降後於一九四五年八月復員，復員後成立了「華支復員軍人分會」。這部小說就是通過這支隊伍的活動爲主線而寫成的。由於它是異國發生的史料，正如作者所說「黃牛上樹」，在寫作上確有一定的困難。因而也存在著顯著的缺憾。

第一：我覺得作者寫這部長篇小說，過分遷就我國在抗日戰爭時期的政策、主張，甚至標語口號，因而給予讀者一個很錯誤的印象，以爲這支活躍在菲律賓的華僑抗日部隊是中國直接領導的。客觀地說，華僑的抗日思想受國內的影響，但是也是自發的、主動的組成力量。《風雨太平洋》中描寫這支游擊隊員唱「我們在太行山上」、喊內地的抗日口號，並非事實，而且也是做不到的事。這大抵作者依舊甩不掉「文藝爲政治服務」的包袱吧！

第二：作者在這部長篇小說中，對於天主教神甫的諷刺與嘲弄有些過火，甚至引起讀者反感。我不是天主教徒，對於西班牙以武器、神甫統治菲律賓的三百多年的史實，也有一些不滿。但那是過去的事。天主教神甫對於菲律賓人民的照顧，特別是精神上的安慰，也有很大的作用。作者筆下的神甫，盡是「狺狺然的凶相」，「惡狠狠地表情」，有的還「留著山羊鬍子」，這是讓讀者啼笑皆非的事。

第三：《風雨太平洋》中，有些地方作者發表的議論太多，特別在第六十三章「深山篝火」中，作者安排了一位名叫阿利斯的人，坐在森林營地上，燃起熊熊篝火，便前三皇、後五帝向一羣年輕人講起菲律賓的地理、歷史、經濟作物，以及日軍侵略現況來。這種說教式的、上大課式的寫作方法，讓讀者有吃不消的感受。

杜埃是一位老作家，據說他於一九四〇年到菲律賓，一九四七年回到香港，後來轉往內地。他已闊別這個熱帶的國家四十年，能夠寫出菲律賓的山山水水、風土人情，以及那反法西斯的華僑抗日游擊隊的三年戰鬥生活，確是一件艱苦的文學創作成果。

二、葉君健《寂靜的羣山》

葉君健的長篇小說《寂靜的羣山》，是一九八九年六月由黃河文藝出版社出版。全書三部曲，「山村」、「曠野」、「遠程」共六十五萬字。其中第一部「山村」早於四十年前在英國出版，由作者用英文寫成。但後兩部則是作者用中文於八十年代完成的。

這部小說以鄂豫皖邊區作背景，寫出那無數生活在大別山區的農民、獵戶、鐵匠、說書人，他們吃的是粗糠野菜，過的是艱苦的日子，千百年以來一直默默地在那寂靜的羣山之間活動。作者在這部長篇小說中，集中描述從革命軍北伐的一九二六年起，直到抗日戰爭前夕爲止，通過男主角春生一家人的苦難家史，給讀者展現一幅恢宏壯麗的農民覺醒的歷史畫卷。因此《寂靜的羣山》是一部歷史題材作品。

這部小說中的人名、地名和山名是眞實的，卻是諧音。如尙勝縣便是商城縣，從一九四四年到四七年，我曾在該縣住過，對於當地鄉土民情以及紅四方面軍的活動情況稍有瞭解。在寂靜的山區，農民日出而作，日落而息，點的是桐油燈，他們是享受不到文娛活動的，因此「說書」成爲重要的文化娛樂。這部小說的重要人物老劉，從說書的進而成爲農民隊伍的宣傳幹部，這是十分恰當的工作方向。老劉說唱的都是古代才子佳人、悲歡離合的故事。由於它淺顯易懂，曲折動人，因此說書人受到廣大農村男女的歡迎。

奴家取名海棠花，
花朝生在書香家；
一家在五柳溪邊住，
學得詩書並繡花。

這已經不是老劉的聲音了，而是一個嬌滴滴的女高音。詞句從我們說書人的嘴裏吐出來，就像是落到一個古老漆盤上的珠子，又清又脆，滾動起來的時候就發出裊裊的餘音。這聲音在空中顫動著，但這種顫動卻在我們的耳鼓上產生一種和諧而有力的效果。老劉的唱詞使整個廣場都寂靜下來，聽眾也似乎都變成了寂靜無聲的人影。

這部長篇小說的關鍵性的人物阿蘭，她原是一個窮苦農家的女兒，在天災人禍中成爲無依的孤兒，從此被春生的母親收養爲童養媳。阿蘭聰明漂亮，但不幸患天花成了痲子。後來，春生的哥哥從外面回來，決心和阿蘭退婚，因爲他不愛她，「人生觀也不相同」，但是阿蘭並不氣餒，她終於走向了農民覺醒的道路，和說書人老劉結婚，他們的唯一的兒子「快樂」，最後成爲原子物理學家。

另一位從黃河岸逃荒來的窮苦農民潘大叔，他質樸、勤勞，愛牛如命的老光棍。作者塑造這個人物非常成功。當母牛在生產期間，彷彿也從他身上獲得無限的慰安。這是一段精采的描寫：

> 母牛正在那鋪滿了沙子的地上掙扎。小牛的前腿已經很刺眼地從它的產門伸出來了。母牛正在痛苦中呻吟，我們可以看出它的雙眼正粗獷地大睜著，眼珠彷彿射出通紅的火花。它一看到潘大叔就逐漸變得安靜下來，它的雙眼也變得呆滯起來，沁出一種發光的液體。當潘大叔走近牠的時候，牠點了點頭；接著便閉起眼睛，讓潘大叔撫摸它，這時兩行眼淚便從沒有頰的臉上流了下來。

作者在第一部「山村」創造的菊嬸，她的年輕的丈夫為了理想離家遠行，拋下了她。她白天勞動，晚上紡線，終日吃齋唸佛巴望丈夫早日還鄉。誰知有一天她終於在一個會場遇見了丈夫，他已經是「省代表」了。菊嬸喜出望外，勸他回家，那個曾留學蘇聯的丈夫卻告訴她，他已在外國娶了妻子，而且即將臨產。菊嬸悲憤至極，最後遁入尼姑庵，削髮為尼，從此在人間消失。這是令人難以評論誰是誰非的婚姻悲劇。如今這種悲劇已經隨著時代的變化而消失了。

作者在《寂靜的羣山》長篇小說中，創造了不少的為了農民運動而難以朝夕相聚的夫婦，既有歡樂，也有哀愁，使讀者湧出無限同情心。杏嫂帶着兒子，跑了幾十里山路去見丈夫，丈夫王建生因爲工作繁忙，雖然喜見妻兒，卻爲了工作不得擺出冷漠的態度。

「你不要因爲我們的突然到來感到尷尬，建生，」杏嫂說。「我只要能看你一眼就很滿意了。你雖然瘦得脫了形，但精神仍然很好，我很放心，再沒有什麼不安的事了！好，我們娘兒今晚就回到紅土崗村去……」

她擡頭望了望窗。月亮已經在東邊的山上冒出頭來了。

杏嫂把小禿牽到王建生身邊，拍拍他的小腦袋，說：

「叫『爸爸』呀。你在家裏不是常常念叨爸爸麼？叫呀！」

小禿仰着頭望了王建生一眼，馬上又把頭低下了。他似乎有點感到陌生，有點爲難。

在《寂靜的羣山》長篇小說中，作者筆下的人物，有兩個重要農民運動領導人，一是羅同德，一是樊果道，前者是徐向前，後者是張國燾，如今他們已是另外一個星球的人。作者創造的劉大旺、潘大叔、子仲叔、燒炭人賈洪才、炸油條的六麻子、陸大樹、阿蘭、何頎儒、彭婉貞、孫南、木匠鄭祥永、泥瓦匠于名漢、紅茗、趙大貴、金白龍、紀靑、老劉等人，他們原是生活在荒山僻野中的人，聽到黎明的號角，他們終於躍身而起，不管他們的成功或失敗，總會給我們留下永恆的懷念。同時在書中也提起當年的肅反事件，不少質樸、善良的農民指揮員，遭受寃屈殺害。韓潔蓮因爲曾在教會辦的診療所工作，也被扣上「帝國主義特務」罪名而處決，她卽是徐向前的妻子的化身。這都是歷史事實。

這部六十五萬字的長篇小說發行量不多，我曾細讀過。作者葉君健是英美文學專家，他有魄力寫出這部小說，確是難得的成績。《寂靜的羣山》的英譯本早在一九八八年十月由倫敦費伯出版社初版，分別由馬克·謝雲漢、斯蒂芬·哈勒特完成。中國大陸直到一九八九年六月爲了應付「全國書展」才印出千餘册，因爲在經濟效益掛帥下，這部書是註定賠錢的。

我認爲《寂靜的羣山》仍不愧是一部重要的文學作品。特別是對於北伐前後鄂豫皖邊區農民運動的史實，它是非常可靠的參考讀物。葉君健是詩人，對於西洋文學有深厚的基礎，所以文筆不太合乎民族風味，尤其第一部「山村」，西方氣息的詞彙甚多，這是我的片面看法。

哎喲，哎哎喲，哎——喲——喲……
春天這片黃土給我們稻米，
秋天它給我們黃豆和紅薯。

這一支重要的山歌，在「山村」中出現兩次。在中國的大江南北，無論山歌、民歌或民謠，決不會有這樣直白的歌詞。任何讀者也會看出它是外國的民歌內容。還有一些西方風味的敍述與對白，例如：

當我們來到保衛我們村子入口的那兩行古樹的中間的時候，我回頭向那隊竹排望了一眼。（頁八）

「是的，你那個發亮的瘌痢頭，也是一種吸引力。」（頁九）

「她一定著涼了。河風在這個時節是很尖利的，它會偷偷地從毛孔鑽進你的身體。」（頁二十二）

「這個小妞兒將是屬於你的了，潘大叔，」我的母親微笑地說：「這是最適當的安排。」（頁九一）

「我覺得眞夠惋惜！……她的面孔不可救藥地被貧困所損害了……」（頁一〇九）

我認爲葉君健費了前後四十年的心血，寫出這部具有史實的長篇小說是有意義的。它寫出了無數默默無聞的農民英雄，他們才是「中國的脊樑」。今天，甚至未來，把中國提昇爲世界的一等強國，把中國建設成民主、均富的現代化國家，都得仰賴那些在基層流血流汗的人們。魯迅的話爲我們作了詮釋：「我們從古以來，就有埋頭苦幹的人，有拚命硬幹的人，有爲民請命的人，有捨身求法的人，……雖是等於爲帝王將相作家譜的所謂『正史』，也往往掩不住他們的光輝，這就是中國的脊樑。」

三、延澤民、雪燕《她在凌晨消失》

八十年代，以文化大革命作題材的小說，汗牛充棟，有的寫知識分子遭受政治迫害，有的寫高級幹部蒙受寃屈，大多數的小說反映了這場史無前例的政治運動中所發生的悲劇；但是有系統的、具體而眞實地反映出文化大革命前後的歷史畫卷者卻不多，因爲它在時間上前後達十年之久，在政治上更有錯綜複雜的因素，若想藝術性地讓讀者對這段悲劇歷史有淸晰的瞭解，實在是一樁艱鉅的工作。延澤民、雪燕合著的長篇小說《她在凌晨消失》，通過某省委第一書記兼省長常明宇的家庭、命運和生離死別，深刻揭露出文化大革命所造成的災難性後果。雖然它的風格近似通俗文學，有些地方稍嫌宣傳意味，大概是唯恐觸犯政治原則，但總的來說這是一部優秀的長篇小說。

靑少年是純潔的、天眞的，他們的一舉一動在成年人的眼睛裏是可愛的、好笑的。作者描寫常明宇對於紅衛兵的初次印象，非常貼切而眞實：

學生們左臂別著紅袖標，右手舉著紅小書，個個臉上撲滿了灰塵，彷彿東北的大土豆。特別是那緊皺的眉頭，憤怒的表情，使常明宇越看越覺得好笑；越覺得可愛。心裏說：「娃娃們，路線問題，哪裏能用這種大轟大嗡的方式解決嘛。」他原地轉著圈兒，瞅著男生的黃色軍便帽，女生們飛翅的小刷辮兒，說：「同學們，你們知道嗎？路線鬥爭，在我們黨的歷史上是整死過人的，不能用這種方式搞啊！」

儘管常明宇用這種愛撫的口吻，勸阻青少年的無理取鬧行動，但是他卻不理解這是一場有計畫、有部署的政治鬥爭。這些純潔而天眞的紅衛兵，只是被別人利用的工具而已。而指揮他們進行奪權的「秦麻子」等人，何嘗不是被人家牽著鼻子走的行屍走肉？秦麻子是文革時期造反總團人保部長，他有生殺大權。在這篇小說第四章有他的身世介紹：

老秦的別名叫秦麻子，皮色青黃乾瘦，個子矮，年不過三十，看去有四十出頭。一套標準的幹警服穿在身上，鬆鬆垮垮，彷彿掛在衣架上一樣。只有那兩顆鼓凸的牛眼珠子，能給人一種望而生畏之感。他原是北江大學的清掃工，曾因酒後鬥毆，調戲女學生，蹲過一次拘留。

像秦麻子這號人物成爲文化大革命的領導角色，豈不天下大亂？和秦麻子在一起的青年紅衛兵，造反派，無論處置任何人，都不按法律規章，完全套用毛澤東語錄，這便是造成千萬寃案、錯案、假案的根源。

小說中敍述一羣造反派想批鬥成志楓，研討以何種罪名揪鬥？請聽當權派的說法，實在讓人啞然失笑：

秦麻子說：「考慮啥？鬥完再說唄。」

張反修說：「對呀對呀。揪出一個典型，給所有的保皇派一個眼色看，有啥不好？」

遠紅梅翻看語錄本念道：「毛主席教導我們說：政策和策略是黨的生命……」

張反修也打開語錄本念道：「毛主席教導我們說：革命不是請客吃飯……」

晁記者一看兩人爭論不休，也掏出語錄本念道：「毛主席教導我們說：我們都是來自五湖四海，爲了一個共同的革命目標走到一起來了……」念完語錄，然後說：「我提個方案，對這種人後天先不揪鬥也行，先請你們在下面幫助幫助，看看效果如何再考慮下一步的措施。」

這種高度迷信的結果，造成億萬顆腦袋的僵化。也鑄造了千千萬萬的寃、假、錯案。許多造反派利用毛語錄斷章取義，尋找做事的藉口，這是非常荒謬的事。文革期間的不少口號是荒唐可笑、不合邏輯的，例如「誓死保衛毛主席」，試問毛澤東有什麼危險？是有人圖謀暗殺他、還是有人想搶奪他的位置？「誰反對毛主席就打倒誰？」那麼到底是誰在反對他？如果眞有其人，憑他的一句話或伸出一個小指頭便將千萬人打翻在地，用得著紅衛兵喊口號嗎？這種史無前例的政治運動，把神州大地搞得鷄犬不寧，一派混亂現象。

在一片「打倒」的聲浪中，常明宇、文端雅、梁大宏、雷無聲被連拉帶推，押上了批鬥臺。陪鬥的人有部、廳、局長及著名作家、演員、教授、勞動模範等三十多人。每個人都頭戴高筒紙帽，胸前掛一個大木牌，上面寫著本人的名字和罪名：走資派、三反分子、修正主義分子、反革命分子、叛徒、特務、翻天右派、漏網右派、右傾機會主義分子、某反黨集團餘孽、反動學術權威、反動作家、反動演員、演帝王將相的黑專家、文藝黑線的代理人、地富反壞右的保護傘、牛鬼蛇神的黑後臺、修正主義的黑苗子、黑爪牙、三名三高的新貴族、資產階級臭老婆、臭小姐、大白旗、小爬蟲……這些人，除了是本次運動革命的對象外，比較集中地代表了過去各次運動中所批判的人物。

在這篇三十萬字的《她在凌晨消失》小說中，作者塑造出一個作家、文藝評論家成龍。他是「老運動員」，每次運動都少不了他。有一個順口溜，「寫不完的檢討，站不完的隊，受不完的苦衷，流不完的淚」。這位深受政治迫害的作家，在暗無天日中寫下遺書，囑咐他的妻子多雁，當他不幸死後，「不要通知親友，不要保留骨灰，造反派想揚到哪裏，就讓他們揚到哪裏」；成龍在遺書中還模倣魯迅的預留遺囑之一，「小龍千萬不可舞文弄墨，把筆燒掉，到農村去當一輩子農民」；最後，這位身患心臟病的作家囑咐他的妻子：「你還年輕，應當改嫁。不要看重學問或能力，不可找知識分子，也不可找當官的。只要是個有人性，有人味，有道德的人就好。」

從這部小說使我們提出一個深思的問題，爲什麼一些忠於共黨的幹部，流血流汗作出貢獻的，卻被批成「叛徒」、「特務」，而且受盡了慘無人道的酷刑。書中的男主角常明宇，曾在文革中挨過各種刑訊逼供：「坐飛機」、「燕兒飛天」、「左右開弓」、「懸樑飛舞」、「上枷板」、「穿泳衣」、「打翻在地，再踏上一隻腳」、「車輪戰」，最後含寃而死。常明宇的女兒常小雅，因爲父親被逮捕入獄，受到株連，被押送到山河屯勞動。在勞動期間，又被凌辱威脅，以致精神恍惚，滯呆少語。竟被強行送她進了精神病院，硬把她關押長達十六年之久，活活逼瘋，以致於一九八三年三月七日病逝。

延澤民、雪燕的《她在凌晨消失》是一部眞實性的小說，對於讀者想瞭解文化大革命的內情，確是最可靠的作品。這部小說揭示出不少過去未曾公佈的祕聞。第五章中有以下的描述：

此刻，大地沉睡了，只有樹葉在淒淒戚戚呻吟。這正是幽靈出走的時間。有的默默無聲，投入大江；有的晃晃悠悠，吊在樹上；有的爬上高樓，凌空而下；有的吞服毒藥，在地板上一睡不醒……

孫莉是烈士的女兒，十幾歲就由周恩來帶到莫斯科學習表演藝術。回國後，林彪向她求婚，她拒絕了。有人爲她遺憾，也有人對她表示贊佩。但也因此得罪了林彪❶。

書中的悲劇人物文端雅，她在史無前例的文化大革命中，家破人亡，最後孑然一身。但是當黎明的曙光尚未照向她時，《她在凌晨消失》，她，哪裏去了？讓我們的成千成萬的讀者去尋找吧！讓我們億萬炎黃子孫去深思吧！卽使她沒有在凌晨消失，她又怎能活下去呢！

巴金先生曾倡議建立「文革博物館」，我是非常同意這個意見。這是一個古今中外空前的悲劇，咱們中華民族永遠不可忘記啊！

❶作者明顯的指的是孫維世，她曾在蘇聯學習斯坦尼拉夫斯基演劇體系，爲著名話劇導演。後來和著名導演金山結婚。文革時慘受政治迫害，含寃而死。

四、竹林《嗚咽的瀾滄江》

知識青年上山下鄉運動，是新時期大陸小說最早的熱門題材。它曾吸引廣大青年讀者羣。竹林的長篇小說《嗚咽的瀾滄江》在臺北出版以前，我便讀過。作者描寫的女主角陳蓮蓮，從小就是一朵「出淤泥而不染」的美麗蓮花，聰明、活潑，而且功課好，又是體育苗子，任何人都誇讚蓮蓮是一個出類拔萃的女孩。但是，蓮蓮的父親是右派分子，蓮蓮的母親爲了生活，推糞車、倒馬桶，而且還偷偷的賣過血。在「唯成分論」的社會裏，蓮蓮從小便蒙上了一層陰影。蓮蓮在學校，沒人肯跟她同桌，嫌她髒、嫌她臭，嫌她身上有糞便的氣味，嫌她血管裏流的血是黑色的。蓮蓮的母親——那個右派分子的家屬，爲了洗滌自己身上的糞便氣味，即使用水多麼困難，也要堅持每天洗澡。

作者用「洗澡」時的赤裸身體，比喻人類的平等地位，實在可圈可點，讓人低徊不已：

媽媽拿起浸透了水的溫潤毛巾在我身上擦，擦著擦著，突然在我的胸前捏了一捏，「啊！我的女兒眞的長大了，小奶奶翹翹的，像隻小蓮蓬了。……媽媽怎樣？像個倒馬桶的嗎？」

媽媽從魚船裏站起，緩緩地、優雅地轉動著潔白修長的身軀。我第一次發現，媽媽的皮膚是這樣白嫩細膩，媽媽的曲線是這樣起伏有致。尤其迷人的是那細細的腳脛，張開拇指和中指卽可圍攏，而那上面的腿肚子，則圓潤而飽滿，從腳脛延伸上去的線條，簡直是造物主不可思議的天才傑作。

我說：「媽媽，你眞好看，光看你的身體，誰也不會相信你有四十歲。」

「眞的嗎？眞的嗎？」媽媽與奮得像個小姑娘，不停地往身上撩著水，肌膚顯得晶瑩剔透。「啊，多好……我這一輩子，只有在這種時候，才是一個女人。」……笑聲，如同水中的泡沫一樣輕盈地飛旋著。

如果陳蓮蓮的父親不是右派分子，她母親決不會找不到工作，決不會遭受別人歧視，甚至跟比她小十歲的工人發生畸戀；同時，她也不會離開母親，跑到遙遠的雲南邊境去插隊落戶，這是她追求「生存、溫飽、發展」的唯一道路。

作者描寫下鄉女青年露露被誘姦懷孕、臨盆待產的一段，甚爲感人。許多男女知青爲了給露露找食物，一起到郊外挖「螞蟻包」，從螞蟻包挖來的旣不是麥粒，也不是穀粒，而是一種白色結晶體。螞蟻把田間散落的穀物啣回洞穴，用唾液把它分解而成白色的「螞蟻糧」。這種螞蟻糧用水煮過以後，如同米飯一樣香。當露露臨盆前，這一羣男女知青按照《赤腳醫生手册——婦產科》的指示，先用白酒將剪刀消毒，你抱腿，他摟腰，其他的人在喊加油。終於，一個又紅又皺的嬰兒降生了，「像耗子樣在母親的胯間扭動著」。陳蓮蓮爲嬰兒割去臍帶，洗淨之後，抱給露露看，她卻不肯看嬰兒，只是說「餓……」

那些下鄉知青爲了給露露增加營養，到深山老林去抓蟒蛇，殺蛇肉來開葷。看露露喝蛇湯的一段描寫，何等令人心酸、難受啊！

她呼嚕呼嚕地喝著，狼吞虎嚥地嚼著，嘴被燙得吸溜吸溜，鬢髮蓬亂，額上包的毛巾都濕了。……她滿足地呻吟，她津津有味地吮著濺在手指上的湯汁……驀地，她停止了咀嚼，擡起頭來，愣愣地望了望站在她床邊的人……「蓮蓮，你……你們都沒吃過吧？」她把鍋推給我，我忙拒絕。她又把鍋推給別的女孩，她們也拒絕。露露突然哭了，「你們都是我的親姊妹，要是你們不肯吃一口，那麼，我怎麼還能咽下去？」

「哎呀，不能哭不能哭，哭了眼睛要瞎的。」我們中間有人叫起來，趕緊端起鍋抿了一口。

沒辦法，鍋子輪番傳下來，每個人都象徵性地抿一口。不知是因爲缺鹽少油，還是因爲剛才看到那麼多的血，我只覺得這蛇湯腥味撲鼻，差點吐出來。再看露露，她一如旣往，還是吃得那麼專注，那麼鮮美。

和陳蓮蓮一起的下鄉青年，露露生產後瘋了，李凱元死了，蓮蓮的情人龔獻，也逃出了生產兵團，受到通緝。在走投無路時，聽到四人幫垮臺的消息，蓮蓮終於拖著一身病痛回到上海，回到病危的母親身邊。但是陳家依然貧窮如洗，「缸裏沒有米，口袋裏沒有錢，烏黑的碗櫥上掛著一片蛛網，在一抹西曬的夕陽中閃閃發光。」

陳蓮蓮的母親，那個右派分子的妻子，終於撒手而去。陳蓮蓮也在患病。龔獻趕到上海和她晤面，向她求婚。陳蓮蓮為了愛龔獻，卻忍痛趕走了他，說是怕傳染給他痲瘋病。可嘆的是蓮蓮並未染上痲瘋病，因而鑄成了兩人無法成婚。

作者描寫陳蓮蓮向鄉辦主任請求治病、救濟，對方置之不理，終於激起蓮蓮的憤怒情緒，她用石塊砸玻璃，嘩啦啦的聲音，才把鄉辦主任請了出來，會見這個可憐的、無依無靠的女青年。

「喂，這是國家財產，你知道嗎？」

「那麼，我這個人也是國家的呀！」

鄉辦主任臉色鐵青地向我走來，顯然在考慮如何制服我。我怪怪地笑了：「國家的人現在沒飯吃，只好撿幾塊國家的破玻璃了。」

「不要理她，這人是神經病。」那個鄉辦裏女人氣的男人，不知從哪兒冒出來，湊到他的主任身邊，用長指甲搔著鬢腳。

「你說我是神經病！好，你說的！」不知那來的力氣，我一下子撲過去，揪住了他的褲腳，「神經病殺人不犯法。我現在和你拚了！」

作者把陳蓮蓮安排在和指導員分手前，有一場暴露的性愛描寫，也具體地表現出她的堅定性格。「我擰開冷水龍頭，滯留著床和男人餘溫的肉體在冰冷的水花的沖刷下哆嗦著——沖掉沖掉，一切都可以沖掉，連那歡樂、熱情，連那生命，統統沖掉。」看，陳蓮蓮是多麼果斷！她擰開冷水龍頭（請注意冷水二字），沖掉一切，而且還「洗頭、刷牙」，這說明了什麼！

陳蓮蓮爲了否定現實，否定一切，她在即將奪得健美比賽冠軍，即將出國訪問、接受中國人民歡呼的前夕，卻決心回到荒草湖坡的滇西，終老異鄉，這是何等果斷和決心啊！這是什麼原因迫使蓮蓮心灰意冷，產生了遁世的念頭呢？這豈不如同《紅樓夢》中的賈寶玉嗎？寶玉生活在封建禮教的社會，他的祖母、父母期望他考取功名，光宗耀祖，娶了薛寶釵，鞏固了賈、史、王、薛四大宗族的聯合力量；但是賈寶玉腦海中繼承了李卓吾、王船山的反傳統、求改革的思想，他在現實壓迫下只得考取功名，和寶釵結婚，但他的結局還是「懸崖撒手」，出家作了和尚！陳蓮蓮決心返回瀾滄江岸，走向蠻荒自然，她和賈寶玉的道路是一樣的，她對現實的一切實在太絕望了！

竹林以象徵主義的手法，寫出陳蓮蓮來到瀾滄江下游，那兒村寨有一位婦女，時常唱著一首淒切、哀怨的歌。傳說她年輕時美得像一朵山茶花。每當漢人來了，這位年老的婦女便迎上前去打聽一個人。她唱的歌詞是：

無論我住哪座山，
想你想得眼淚流；
無論我喝哪裏水，
想你想得河水乾……

是啊，即使這位老婦想她的情人想到瀾滄江水乾涸，她的情人也不會死後重生了。若是陳蓮蓮結局如此，倒不如投江了卻殘生，結束了她悲劇的一生。

這部長篇小說雖然有些缺點，例如描寫下鄉知青被強誘姦的誇張描寫，過分醜陋。但當我看完以後，我卻希望這是作者憑空虛構的寓言故事，因爲我不忍心我們的中國曾經發生這樣的悲劇。

五、水運憲〈禍起蕭牆〉

〈禍起蕭牆〉在新時期大陸小說中，是描寫工業題材比較優秀的作品。從「蕭牆」二字可以看出，大陸改革的阻撓與病根在於內部，也就是小說中突出的中央與地方、行政業務領導與黨政領導的矛盾。這個中篇小說就是反映工業步向現代化階段所發生的悲劇。

作者水運憲不僅具有深厚的電力工業專業知識，而且很有戲劇經驗。小說一開始提押被告傅連山進庭，突然傳出被告因「心跳加速，突然休克」，將暫時停止；誰知此時傅連山發出顫抖的聲音，「不！不要退庭……」那個面色蠟黃，渾身正氣的被告走了出來。於是，這猶如電影的「定格」手法，暫時擱在這裏。不，永遠擱在這裏。因爲結尾中，作者「不想再將讀者引回到法庭上去」。事實上也無此必要，卽使給傅連山判刑，讀者也絕對不服氣的。

小說描寫某省水電局爲了改革電力管理體制，派出了「精通業務，作風潑辣的行政幹部」傅連山，帶着一支工業隊伍，到佳津地區進行專業化改組，建立強有力的專業對口管理體制，以適應所謂四化建設的條件。但是傅連山到了那個「歷史上出過好些重要人物」的地方，根本無法開展工作。因爲地方主義濃厚，官僚主義非常嚴重，對於省級的指令一直採取抵制的態度。

佳津地區的電業局，冗員膨脹。行政科號稱「五官科」，有正副五名科長，一個管辦公用品，一個管家具，一個專管招待所，一個管分配住房，姓蕭的科長專管派車；「五官科」底下只有一個科員，叫代冰，她譏諷着說：「家大業大油水大，人多才能幹四化嘛。」傅連山到任不久，便聽說超編了二三十人，經過調查才知道超編一百零八人，「整整一個梁山寨」。他向全局幹部宣布，「人事科要對外關門」，「人浮於事的現象必須根除」，「去和留，要分別參加業務考核」。傅連山決心整頓人事，造成一片混亂現象。

有二十多位科室主管請病假、事假，作罷工示威。六位「代表」衝進黨委辦公室，理直氣壯質問「居心何在？」，其中一個六十多歲的，口吐白沫，怒氣沖天說：

「我哩那時季就搞起農會，腦殼子繫到褲帶帶高處，一年四季鬧革命。喀扎幹部我就硬是當不得呀？喀就是呷寃枉飯噠？呷幾碗寃枉飯又何是呢？我哩冒得文化，毛主席不嫌我，省裏不嫌我，地委不嫌我，就是你哩無麼大個新黨委嫌我何是？無得這種事！考！考！考他外婆的一條鬼喲！」

有的要打官司，有的拍桌打椅，有的捶胸頓足，鬧得一塌糊塗。他們向著黨委鄭義桐示威，其實就是向傅連山示威，給他難看：「我們都是有來頭的，你敢在這塊地盤耍威風？辦不到！」

傅連山堅持原則，進行考試，結果科長們名列前茅，有些人連同答卷一塊接到的。他不動聲色，把科室負責人找來親自進行口試，大多數人瞠目結舌，證明考試作弊。接著，傅連山發動全局幹部舉行選舉，結果一半科室負責人落選。從此，不少人暗自咬牙，「傅連山，寃有頭，債有主，你等著吧，總有那麼一天……」傅連山確實沒有想到這批下野的人中，不少人是地委各部門負責人的直系或旁系親屬。他陷入孤立狀態。

爲了建設金溝發電站，傅連山親自坐鎭指揮，下定決心，拚上老命也得完成任務。但是郭書記和他進行鬥爭，要他去參加即將開始的這一期負責幹部輪訓班。局內公開批評傅連山獨斷專行，依仗自己是抗日幹部，駕空鄭義桐，凌駕於黨委之上，甚至根本不把地委放在眼裏。最惡毒的，謠傳傅連山和代冰搞男女關係，「有一個清早，起來解手的人在招待所花園裏看見他們倆接吻，她衣裳都沒穿。可見整整鬼混了一宵。」

傅連山百思不解，爲什麼努力工作，決心改革，卻受到無情打擊呢？眼看還有二十天，這條線路就要完工，已約定省方來人作技術鑑定，若是萬一有點延誤，豈不功虧一簣？他向曾部長掛電話，想延後一期再去。對方冷冰冰地說：「不行！這是常委定的，學習關於擴大地方自主權的文件，任何人不准缺席。」最後他只得請示地委郭書記，還是碰了軟釘子，「你是不是不放心哪？咹？怕人家偷偷地修改你的方案？咹？……雙重領導不是省裏的指示嗎？咹！組織管理由地方黨委決定，也應該無權干涉吧？」

作者借著〈禍起蕭牆〉小說中的女科員代冰的話，說明了地方黨委為了本身利益，同中央鬧矛盾、奪權的事實，致使現代工業改革根本難以進行。

> 中國幾千年來的封建統治，諸侯割據，佔地集權，這一切是不以朝代的變遷為轉移的。歷史上也有那麼幾位文韜武略的英烈人物，曾經想統一天下，但是合久必分，宏圖大業擋不住諸侯爭權，終於還是毀於一旦。祖先的這些「精華」，今天仍然根深蒂固，有的因襲下來，有的潛移默化過來，有的竟被合法地保護起來……老傅啊，佳津不是馬虎地方，山高皇帝遠哪！

作者對於佳津地委郭書記的顢頇無能的粗線條作風，也作了有趣的描寫。有一家製片廠來銀盆公社拍攝養鷄場紀錄片，反映農村開展多種經營、由窮變富的情況。有一組鏡頭是介紹地委領導親自抓多種經營內容，因此郭書記非常重視。誰知剛拍到重要鏡頭，正巧停了電，郭書記氣得拿起話筒，要沈副局長趕快供電。但是輸電是「中調所」的統一決定，否則亂了套。郭書記剛愎自用吼道：「什麼中調？咹？地委說話就不算數了？」最後下了命令，「你馬上給我送電來，再困難也得送……不送電我就撤了你！」結果沈副局長向「中調所」請求，對方不同意，他也不敢推閘，他的烏紗帽掉了！調到某縣蚊香廠當廠長。

傅連山到了輪訓班不久，卻接到他提前回電業局工作的通知。原來隨著暴雨，各地洪水猛漲，水電廠緊張萬分，各地用電負荷劇增，電表指針經常到了頂！電壓也無法升起來，馬達使用的電壓比額定值低了一二十伏，溫度劇升。接二連三地燒了不少臺。電業局慌亂一片。「有經驗的人做不了主；懂得一些的人不敢做主；而做得了主又敢做主的人恰好是既無經驗又一竅不通。」傅連山就是在這個「全區電網危如累卵的時候」，被調回來的。

郭書記的自私與偏見，在情況最危急的時刻，依然毫無改變。當窗外雷聲滾滾，傅連山的肺葉憋得嘶嘶發響，聽得電話筒中傳出郭書記的聲音：

「鄭義桐！你好大的膽子！我說的話就那麼不起作用了？……咹？人家成心卡我們，你是吃乾飯的？咹？上頭拉閘，自己也拉閘？向上面討不到，我們還有個金溝嘛，金溝電站是吃素的？爲什麼也拉了？咹？還要送給別處？誰這麼大的膽子？咹？這麼重要的部門在你手上，全地區幾百萬人民的命運也在你手上，你知道這個分量嗎？看著姓傅的在挖我們的牆根，你的骨頭呢？軟了？散了？咹?!」

傅連山心中明白，若是服從地委郭書記的瞎指揮，全部電網就會爆炸！他要照自己的意思去做，郭書記的壓力比電力還厲害。他左思右想，抱定了坐牢的決心，按照郭書記的命令執行！傅連山在「值班紀錄簿」上，寫下了洗不掉的「局長：傅連山」五個黑字。

山崩海裂似地危險事件爆發了！

> 北西電網由於巨大的遇電流，終於壓斷了扁擔！主回路開關「砰」地跳開，電網平衡受到了致命的震盪，整個系統立卽土崩瓦解！各段開關連鎖反應，一把接一把地自動切離，把一個大電網割裂成無數個小塊！供電運行中最可怕的事故突如其來地發生了！
>
> 「啊！啊！啊——！」
>
> 傅連山發出撕心裂肺的幾聲慘叫，猛然轉過身來，後腦勺死命地撞著牆壁，左手屈勾著五指、痙攣地揪住自己的喉管，右手高舉著話筒，差不多要把它捏成粉末！

當危險發生之後，以地委郭書記爲首的官僚們，都逃脫責任，但是傅連山卻盯著他們說：「別緊張！是我，是我！看你們這個樣子！哈哈哈，敢做就敢當嘛！我爲什麼要這樣做？我沒辦法了！我絕路了！我要用我的毀滅來震醒你們！我，付出的代價太小……國家付出的代價太大了！太大了啊！」是的，傅連山犧牲了，他在法庭上是終會判處徒刑的。這是他一個人的損失？還是工業現代化的一大損失呢？

〈禍起蕭牆〉是一篇悲劇性的小說。小說主人公傅連山是一位敢做敢當的闖將，但是他也有缺點，有時在工作中只問目標，不擇手段，同時在「做人」上也不够融洽，結果造成無比的損失。這是作者塑造人物性格最成功的地方。其次，小說中對於代冰、郭小成兩人的成長史，沒有比較細緻的交代，這也是稍微遺憾之處。

對於傅連山的悲劇收場，我認爲這是比較理想的結局。由於他的犧牲，喚起了廣大人民的覺醒，這畢竟是有代價的。爲了改革，有時也得破釜沉舟才行。〈禍起蕭牆〉第十四章有一段話，發人猛省，值得思索：

這是一種比較普通的香樟樹——香樟。看樣子栽下去還沒幾天。樹根周圍剛剛澆了水，泥土浸濕了一塊黑圈圈。樹幹還很細嫩，最粗的也只不過同墨水瓶的直徑差不多。爲了加強樹幹的耐風力，每棵樹幹都綁上了一兩根竹棍。樹葉倒是十分繁茂，蓬成了一個圓球狀。但是，樹梢已經開始發黃，有些樹葉已經捲曲，用手一捏，喳喳作響。……像這樣移栽過來的樹苗，根鬚受了些損傷，吸收水分和養料的能力大大減弱了，無法滿足莖葉的需要。必須打掉很大一部分枝枝葉葉，才能使這些小樹成活、茁壯，長成棟樑之材。否則，再澆水，再加撐都是枉費心機。如果迷戀於這些枝葉昌盛的暫時的外表，下不了狠心，那就將導致整棵樹的毀滅。

傅連山感慨系之。他伸出手來，開始給小樹苗打枝……

這段話不是隨便即景的描寫，而是作者有意的安排，突顯傅連山的思想意志。他來到佳津這個「山高皇帝遠」的地方，爲了建設，爲了四化，他「開始給小樹苗打葉」。但是最重要的是如何喚起民眾瞭解「給小樹苗打葉」的意義，同時也要減少一些阻力和障礙。

六、王潤滋〈魯班的子孫〉

王潤滋的中篇小說〈魯班的子孫〉，提出一個現實的問題，當改革開放的時期，個體戶發財思想和舊有的集體經濟，產生一定的矛盾。老木匠黃老亮那傳統的做人哲學，「天底下最金貴的不是錢，是良心！」在發財致富的時代浪潮裏，彷彿已被沖刷而去。但是它畢竟是中國農民的優良品質，這就是中華民族屹立世界所引爲自豪的優點。同時也是〈魯班的子孫〉讓廣大讀者矚目的原因。

中國農民的特點，具有一種吃苦耐勞的韌性，也卽是作者所說的「軟性子脾氣」。黃老亮年輕時爲鄰村一個財主做衣櫃陪嫁女兒，財主總是囉嗦櫃面不够光滑。黃老亮發揮鐵杵磨針的精神，「一直磨了三年，硬是把財主的閨女磨老了」。這是中國農民的獨具的韌性，這種韌性和大鍋飯、小鍋飯扯不上什麼關係，這是我們必須釐清的一個問題。

王潤滋描寫那個好手藝、苦命運的老木匠，在六十年老婆餓死了，帶著不滿五歲的女兒，卻又領養了一個。走鄉串村找工作的情景，實在令人心酸：

在黃老亮的後車座上，又多了一個五歲的男孩子。兩個潑浪鼓一齊搖。搖過山，搖過水；搖過春，搖過秋。搖得老亮心裏悲一程，喜一程，坎坎坷坷總算走過來了。他老了，兩個孩子也長大成人。丫子秀枝水靈靈的一朵花，惹得小伙子們蜜蜂似地圍著轉；兒子秀川翠生生的一棵苗，姑娘們都想攀他做女婿。黃老亮嘴裏不說心裏道：「你們這些傻閨女、愣小子，誰也別想在俺秀川秀枝身上動心思，不見人家倆兒好成了一個頭？白天裏照面紅紅臉兒，黑夜裏說話不論鐘點兒。嘿！……」老木匠樂得心都醉。

作者創造的這位農村木匠黃老亮，質樸善良，他有一身好手藝，卻過著窮困的生活。老木匠終身牢記著魯班的故事，他也不厭其煩將這位春秋時代魯國的建築工匠的故事講給徒弟和兒女聽。說是魯班當初上終南山求師學藝，老師傅提出問題：有兩個徒弟學成了手藝，師傅給他們每人一把斧子，大徒弟拿這把斧子賺回一座金山，二徒弟拿這把斧子把名字刻在人們心中。老師傅問魯班：「你跟哪個徒弟學？」魯班說：「跟二徒弟學。」黃老亮的心中鐫刻著的只有兩個字，「良心」，他認爲「天底下最金貴的不是錢，是良心！」有了這種堅定的信念，卽使吃糠嚥菜，他也心甘情願。

看老木匠父女在雪地頂著刺骨寒風等秀川回家的描寫，何等感人！

老木匠埋著頭往前走，雪串進褲腿子也顧不上了。快到停車點時，他打個眼罩朝前邊看，只見那塊歪斜的站牌下面站著一個人，呵著手，跺著腳，不時朝遠處看，全身都成白色的了，像一個會動彈的雪人，老木匠抹抹眉毛上的雪沫仔細看，原來是秀枝，他心裏一陣痛惜：這閨女，只尋思不叫她來受這場罪，卻走在了俺前邊。唉，也難怪，想她川哥呢！這些天睜開眼就趴在窗上，看外面雪住沒住。這痴心的樣多像她媽……

從城裏回來的秀川，接受了新的改革思想，他對往昔的集體制度，已經不感興趣，代替的是搞個體戶，用新的工具製作捷克式衣櫥、日本式雙人床，三扇門立櫃。秀川不但從城裏帶回兩千多元，還帶了膠鞋、布料、尼龍襪、花枕巾、爹的帽子、妹的圍脖兒、過濾嘴香菸、雪花膏瓶子，而且還給秀枝一只「嘀嘀答答跑得正歡」的手錶。這種滿載而歸的成就，卻在保守的黃老亮心目中感到憂慮，他總是懷疑秀川在外面做了壞事，否則他決不會賺回這麼多的錢。秀川向老木匠解釋：現在是新時期、新政策，八仙過海，各顯其能。同時，黃秀川還向養父透露一個訊息，他有了林局長作「靠山」：過去他替林局長兒子、女兒打了三套家具，捷克式的，日本式的，沒有收他一毛錢；後來，林局長「就按公價批木料給他幹私活兒，一張紙條就是一個立方」，這種以手藝換「權」，便是秀川賺了大錢的祕密。

老木匠對於這個抱養來的兒子秀川，愛護備至，從五歲把他撫養成一個青年木匠，他不知花費多少心血。作者在「發財了」一章，有如此細緻動人的描寫：

> 當初領來家的時候，像個又髒又瘦的小貓，光是哭著鬧夜，找他媽，怎麼哄也不睡。哭急了，老木匠解開懷，讓那隻小手捏住他豆粒大的小奶子，這才不哭了。哄好了小子，閨女又哭著爭懷，就一隻胳臂摟一個，直摟到十歲上，才給他們各自搭起個小被筒。孩子們長大了，他也老了。

老木匠既愛秀川，但也對他的發財致富的思想感到疑慮不安。作者創造的這一對父子的矛盾，依然建立在質樸的農民感情基礎上。秀川從城裏「發財」回來，帶了不少錢財物品孝敬養父，這是傳統的知恩報恩的美德。當秀川熟睡時，老木匠發現他的「又粗又短的手指，簡直像一排磨禿的石鑽，每一道指節都凸起老高；虎口間堆了重重疊疊的老皮；手掌幾乎全是一塊硬繭；拇指讓錘頭或釜頂打過，指甲死去了，只留下難看的一團肉疔……」這是下過苦力的手，這是和老木匠黃老亮一樣的手，即使他的觀念和作風有些錯誤，我們又怎忍心埋怨他、批評他呢？

王潤滋是山東人，他來自農村，對於農民有著親摯的感情。他曾說過這樣的話：

> 也許是由於血統和感情的原因，我總是看他們（指農民）長處多，短處少。有時看到

了，也不忍心批評。就像對自己的父母老人，他們養育了你，你成人了，能反過臉來對他們挑鼻子挑眼嗎？俗話說：狗不嫌家貧，兒不嫌母醜。……就是懷著這樣的感情，我寫農民。我歌頌他們，很少批評。……他們沒有出人意外的新思想，卻有傳統美德的閃光[1]。

我非常同意作者的觀點，由於我國農民長期忍受天災、人禍，他們受到苦難，卻逆來順受。中共的左的政策，把廣大農民折騰得昏天黑地，正像小說中李忠的牢騷話，「爬上嶗山頂看看，中國人多得像蟹子爬，就那麼一灣子水，就那麼幾條小魚崽子，都去爭，都去搶，還不知是誰嘴裏的肉呢！」這話說得非常中肯實在。若想解決農村困苦生活，只有走現代化。當黃秀川從城內「發財」回鄉，富寬的老婆便說：「大侄子，你出門在外走南闖北，你說說現時這章程對麼？共產黨變心眼兒了，不顧咱貧下中農了！」富寬的老婆的疑團，代表了億萬沒有文化知識的農民心理。早在六十年前，孫中山先生便呼籲要喚起民眾，若想喚起富寬老婆這樣的農民，還得注重教育，掃除文盲，這不是短時期解決了的難題。

黃秀川的發財致富的思想，固然不錯，但是由於個體戶生意興隆，客戶川流不息，卻發生偷工減料現象：「五分的料改成三分；家具後面該開榫的地方改用鐵釘釘；木料不乾也顧不得烘

---

[1] 王潤滋〈願生活美好〉，《人民文學》一九八二年第四期。

烤，帶濕上……」這種欺騙顧客的作風，是和老木匠黃老亮的「打出的家具，傳三輩兒，木頭爛了榫不開」的良心手藝，背道而馳。結果造成顧客吵嚷退貨風波，若不是老木匠出來打圓場，後果實在不堪設想。

作家畢竟不是政治家，王潤滋在〈魯班的子孫〉小說裏，對於八十年代經濟改革發生的負面影響，似乎過分悲觀些。彷彿告訴讀者：還是過去的窮日子好，現在有了錢反而煩惱。這是不甚合乎情理的觀點。在小說中老木匠的一場夢，最引人矚目：

> 老木匠像是睡著了，又像是沒有睡著。他拿著那一大包錢，找到一個荒涼的地方，四周圍都是墳。他喊著：「枝她媽！……」一座墳忽然裂開了，裏面走出一個破衣爛衫的女人，挎著要飯簍子。那不就是她？模樣一點沒改。他把那一包錢都給她，說是女婿掙的，說再也不用挨餓了。她歡喜得不得了，扔下要飯簍就解那裏錢的包袱。錢，那麼多的錢！忽然一陣旋風吹來，把那錢都捲到半空裏去了。他倆喊著，叫著，伸開兩隻手在空裏抓撓著，可是一張也抓不到……

雖然作者給老木匠黃老亮安排的是一場惡夢，也會引起讀者的難受。像黃老亮這種忠厚老實的木匠，吃的是豬狗食，出的是牛馬力，如今女婿掙回一些錢來供他享用，你怎忍心讓他「竹籃打水，一場空」呢！

七、張賢亮〈綠化樹〉

張賢亮的小說，引人入勝，他生活底子厚，對於勞動人民的思想情感摸得透，所以他的《男人的一半是女人》、《靈與肉》，以及我將要介紹的中篇小說〈綠化樹〉，都有震撼人心的力量。同時對於過去所謂「左」的錯誤政策，也作了比較嚴厲的批判。

中國的廣大知識分子畢竟還是優秀的、馴順的、善良的，即使在黑暗的年月，他們逆來順受，抱著樂觀主義的態度去迎接苦難，期待光明的來臨。〈綠化樹〉第五章，章永璘初來農場，搬進一個靠牆的破舊房間，他便感到了無限的喜悅與滿足：

牆根，這是多麼美好的地方！「在家靠娘，出門靠牆」，這句諺語眞是沒有一點雜質的智慧。在集體宿舍裏，你佔據了牆根，你就獲得了一半的自由，少了一半的干擾；……更妙的是，你要看點書，寫封家信，抑或心靈中那祕密的一角要展開活動，你就乾脆面朝著牆，那麼，現實世界的一切都會遠遠地離開你，你能夠去苦思冥想。睡了四年號子，我才懂得悟道的高僧爲什麼都要經過一番「面壁」。是的，牆壁會用永恆的沉默告訴你很多道理。

若是章永璘和勞動者馬纓花相比，就會顯現出知識分子的矯揉造作；遠不如馬纓花那種爽直、開朗，敢愛敢恨的性格，讓人感到親切可愛了！馬纓花初次把章永璘「騙」到自己家裏，先掀開鍋蓋，拿出一個白麵饃饃給他。這在飢荒的年月，一個白麵饃是金貴的東西。章永璘已經四年沒有吃過。但他忸怩半天，心裏想吃，嘴上還假裝客氣：

「我不吃，」我酸楚地對孩子說，「留給你爸爸吃，好不好？」

「嘻嘻！」她又笑了，「她爸爸在爪哇國哩！你吃了吧。你看，你們念過書的人盡來這個虛套套！」

這句責備的話何等深刻有力，而且又是多麼得體呀。

噗！我一顆清亮的淚水滴在手中的饃饃上了。

她大概看見了那顆淚水。她不笑了，也不看我了，返身躺倒在炕上，摟著孩子，長嘆了一聲：

「唉——遭罪哩！」

這又是多麼富於人情味的話語和舉動！

一會兒，她在炕上，幽幽地對孩子說：

「爾舍，你說：叔叔你放寬心，有我吃的就有你吃的。你說，你跟叔叔說：叔叔你放寬心，有我吃的就有你的……」

作者塑造的這個穆斯林女人善良、美麗、憨直而潑辣，她敢在大白天去男人宿舍去找章永璘，一推開門，衝著他喊道：「喂，咋哪？你把營生幹了一半，就撂下不管啦？」旁邊的男人暗自好笑，以爲章永璘「倒霉」，其實他非常幸運，遇上這麼一個冰雪般聰明而熱情的女人！

張賢亮在小說中用極細緻的描寫，處理愛情場面，非常精彩。當章永璘初次張開雙臂把馬纓花摟在懷中，作者是這樣寫的：

我聽見她輕輕地呻吟了一聲，同時擡起頭，用一種迷亂的眼光尋找著我的眼睛。但是我沒有敢讓她看，低下頭，把臉深深地埋在她脖子和肩胛的彎曲處。而她也沒有掙扎，順從地依偎著我，呼吸急促而且錯亂。但這樣不到一分鐘，她似乎覺得給我這些愛撫已經夠了，陡然果斷地掙脫了我的手臂，一隻手還像撣灰塵一般地在胸前一拂，紅著臉，乜斜著惺忪迷離的眼睛看著我，用深情的語氣結結巴巴地說：

「行了，行了……你別幹這個……幹這個傷身子骨，你還是好好地念你的書吧！」

馬纓花對待這個從勞改場剛下來的章永璘，發自內心的同情與愛，這是高尚而純潔的感情。她看到他骨瘦如柴，缺少油水和休息，所以捨不得讓他幹活兒，只勸他「唸書」。章永璘那册淡黃色精裝封面的《資本論》，好似她父親往昔常看的穆斯林經典，她不認得漢字，但她知道這個受過苦難的知識分子是好人，心向著阿拉的虔誠的人，和她父親一樣。馬纓花外表看起來浪漫，其實她是一個非常有頭腦、識大體的女人。她眞心愛他，絲毫不沾染一點庸俗心理。有一次她曾告訴章永璘，「我不能沾男人，一沾男人就懷……」這句話明顯地表示她對情慾缺乏興趣，且有畏懼感。當章永璘向她求婚時，馬纓花好心勸他：「咱們成了家，你就得砍柴禾，你就得挑水，家裏啥活兒你不得幹？……你十八塊錢，連自己都顧不住哩，還能再添半個人的吃穿？」馬纓花的心細如絲，處處爲對方著想，這才是眞正的愛，潔白如玉的愛，具有犧牲獻身精神的愛。

可是章永璘卻趕不上一個勞動者單純、專一而質樸，他時常暗自躊躇，「我能娶她作爲妻子嗎？我愛她不愛她？」這是知識分子的虛僞心理。他眼前有飽飯吃、有熱湯喝，還有異性的慰藉，但等有朝一日回到北京、天津，他怎會帶一個文盲在街上走？而且還有一個拖油瓶兒爾舍？最後，章永璘作了理智的抉擇，「她和我兩人是不相配的！」作爲一個唸過書的知識分子章永璘，午夜夢迴，捫心自問，他並比不上馬纓花、謝隊長、甚至海喜喜高尚。連他自己也承認這個事實：

他們總是把我看得很高尚——「不吃偷來的東西」——只有我自己知道我並不像他們想像的那樣。我想起我怎麼騙老鄉的黃蘿蔔，怎麼去搞伙房的稗子麵，怎麼去蹭馬纓花的白食……我情願去騙，去蹭，而海喜喜卻是憑自己的力氣去開荒，這裏面存在著多麼大的差別啊？我和他，究竟誰高尚呢？我皺著眉頭這樣想。

章永璘愛馬纓花，也是事實。但總不如馬纓花愛他那麼純潔、堅決，這也可以肯定。章永璘向她求婚，包藏著一股情慾的衝動。那天清晨，馬纓花因過年宰羊忙碌了一夜，剛想歇一下，章永璘又去向她示愛求婚，最後馬纓花只得柔聲說：「要不，你現時就把它拿去吧，嗯，你要的話，現時就把它拿去吧。」

作者下面的一段，寫盡了馬纓花可貴可愛的性格：

她忙碌了一夜，現在臉色還是疲倦的。美麗的大眼睛下那一圈淡青色更深重了，她這種行動，純粹是女人爲了愛情的一種獻身的熱忱，一點也沒有個人的慾念。……我謙恭地吻了她一下，然得輕輕推開她。

「不，」我說：「我們還是等結婚以後吧。」

「那好。」她卽刻從我的懷中離開，仰起臉，用清醒的、決斷的語氣說，「你放心吧！就是鋼刀把我頭砍斷，我血身子還陪著你哩！」

當日中午，章永璘就被押往另一個勞改農場，從此再也見不到馬纓花，結束了這個愛情悲劇。

張賢亮的小說，議論稍多，給予讀者一種反感，這是不可原諒的錯誤。在這篇〈綠化樹〉中，作者引用了惠特曼、拜侖、歌德、普希金、但丁和一些大詩人、大藝術家的語錄或詩句，也有點賣弄之嫌。有的地方用得還令人莫名其妙，例如，「風偶而在田野上掃過，透明的氤氳像野馬似的奔騰，我才體會到《莊子．逍遙遊》中的『野馬也，塵埃也』的傳神。」還有「我一粒粒地挑著飯。我很餓，卻吃不下去，我嚼著飯粒，無意識地盯著『脖子上的安娜』。我感到，任何文學藝術作品都很難表達生活本身包含的戲劇性情節和複雜多變的感情。」尤其第二十六章，從「犁俱吠陀」扯到歌德把「不知感激」稱爲德性；從天堂又扯到大森林中的鋼琴聲。讓人撲朔迷離，暈頭轉向。第二十七章下半段，長篇累牘引摘馬克思《資本論》的文章，更使讀者有瞠目結舌之感。張賢亮的這種嚴重缺陷，到了「三寸金蓮」，已經達到走火入魔的境地，這是非常惋惜的事情。

〈綠化樹〉仍不愧是一篇優秀的小說。我想，若是作者將最後那一章（三十七章）刪掉，也許更感人些。因為讀者並非傻瓜，他們已聽膩了一些歌功頌德的口號。

八、劉子成〈青紗帳，母親〉

新時期的東北小說家，劉子成（筆名流星）是被人矚目的一位。他的中篇小說〈青紗帳，母親〉十分感人。雖是歌頌母親，但卻也批判了母親，因爲她一手造成兩個婦女終身的悲劇。

作者塑造了一位從舊社會走過來的「女強人」，她精明能幹，在家指使丈夫兒女，在外爲鄉親治理婚喪雜事。她熱心過度，不但替人保媒說親，「就連誰家的小媳婦兒，結婚後幾年不懷孩子」，她也主動給人家「找偏方，弄草藥」。她活了七十三歲去世。活著，沒人敢批評她，死後，竟然有人說她「歪嘴子的和尚唸邪經」，「聰明一世，糊塗一生」，這種批評是非常貼切而客觀。

作者創造的這位那田氏的形象，標準的舊時代的東北老太婆形象：

> 母親頭綰疙瘩髻，身穿皂裝，白細袜兒青緞鞋，油黑鋥亮的絲織寬腿帶兒，一雙裹足一半又放開了的大腳，一步準邁兩壠溝。她手裏拎著玉石嘴、長桿兒、銅鍋兒的大煙袋，風風火火地奔走在長滿蒿草的馬車路上和橫切田壠彎彎曲曲的小毛毛道兒上。

終年累月，她忙呢！

儘管那田氏如此精明能幹，但卻擺脫不了生離死別以及戰亂帶給她的苦痛。從年輕時代，她的長子參軍南下，她的心七上八下，看到擔架隊路過，她總認爲躺在上面的傷兵就是兒子。後來，她親自給離家參軍的兒子娶了媳婦，讓媳婦一人守在家，伺候公婆、伺候小叔子，像個使喚丫頭一樣。

我打小是個調皮鬼，得飯菜送到嘴邊才張口，拉尿撒尿要幫手，而這些活只有嫂子來幫我。我說聲尿，她爲我解開褲帶，掏出小鷄子；我說聲拉，她把我領房後面。我拉屎靠牆根兒，她撅根兒箭桿斜兩半站那兒等候給我刮屁股。有時候，狗聞著屎味奔來了，她就打……

這位鋸大缸、遊四方手藝人的女兒，住進那家是童養媳，她從未見過丈夫是啥模樣。過了數載，聽說她丈夫在南方娶妻生子。那田氏憤不可遏，賣了糧食作路費，親自帶著兒媳去南方找兒子。這位精明強悍的老太婆，不僅將那個南方女人趕走，同時親自監督兒子和媳婦「合房」；唯一遺憾的她沒能將孫子抱回來。現在，讓你聽聽那田氏怎麼說吧：

「雜種×的，你當上軍官算個屌！敢不要你媳婦兒？我摟頭給他一煙鍋。要不是有部隊上的人拉著，我非給他腦瓜子上再刨出幾個大血包。」

「媽那個×的，部隊上那個老頭兒軍長，他憑啥給我兒子做主找媳婦兒？我不懼他，門口站六個挎匣子槍的警衛員，我照樣用煙袋鍋子指點著他的腦瓜殼。軍長拿出婚姻法來嚇唬我……什麼『反對封建、婚姻不能包辦哪……』可我問他，『不包辦？那麼你算那個衙門口挑泔水的，包辦我兒子的婚姻大事？我生他養他是他的媽，我包辦我有包辦的權力，你有嗎？你的肚子疼過嗎？』得，一句話，把個老頭子軍長氣跑了！」

那家有這麼一位「女強人」，她的丈夫卻默默不聞。他像一匹馬，光知道幹活，給什麼就吃什麼。一年到頭不吭聲，只是勞動。他的悲哀只是埋藏在心底，有時想念大兒子，偷偷流眼淚。他死了，也像秋天飄下了一片落葉。

作者創造的人物，非常突出而鮮活，尤其是那田氏最爲成功。她親手破壞了大兒子的幸福婚姻，卻也干涉二兒子的工作：他想去獸醫站當人工配種員，她怒不可遏趕去阻止，說「掏馬屁股的活兒能是人幹的？」他喜愛文藝，縣文化館長曾動員他當「二人轉創作員」，可是那田氏卻罵道：「唱蹦子的飛眼吊棒，勾引姑娘媳婦兒鑽苞米地裏搞破鞋，會是好東西？死後都入不了祖墳……」那田氏樣樣要管，啥事也親自插手。夏菜剛收，她格外忙碌，任何菜下來都要自己摘、自己切、自己曬，曬乾了縫進小布口袋，讓小兒子拿到縣郵局寄給南方的大兒子。南瓜片、茄子絲、土豆片、豆角絲……她常說，「還是東北大平原上的蔬菜和苞米楂子最養人，讓你哥哥嘗嘗媽給他們送去的家鄉飯吧！」

但是，她的大兒子卻不想念家鄉，不想念她。她臨死前夕，手中還緊攥著電報，看著。她不識字。電報上寫着：「不歸。寄上一百元錢。」爲什麼他這麼狠心呢？可能母親對他一生的傷害實在太大了。當他的弟弟千里迢迢，跑到南方一個山坡上，終於見到了他。

他頭扣草帽，滿臉深皺，兩隻青筋裸露的大手，粘著泥巴，他的一雙大腳丫子也踩著泥巴……他說：「你看，我這片菜今年又獲豐收，辣椒每窩能有四兩，圓茄子少說一隻能重半斤到九兩。這兒的土地不如咱東北大平原上的黑土好，可日照時間長，加上化肥，我敢說咱們東北大平原上的青椒、茄子都趕不上這兒長的大！你信嗎？」

這位曾統率過一個鋼鐵雄師的「戰鬥英雄」，如今年老離休，住在山村。他的貌合神離的妻子，住在山坡下。每天給他送飯，送了以後就走。這好像她應盡的義務一樣。至於那個被趕走的女人，一直沒有音訊。現在她已絲髮如銀，住在湘黔鐵路的一個農村，陪伴孫兒打發時光，對於往事，如夢如煙，她已忘個乾淨……

作者的文筆非常細膩，思維敏捷，描寫少年的心理尤爲深刻動人。例如他寫冬日的一段：

> 冬天的時候，我家的窗玻璃上結滿了各式各樣的霜花，你猜像什麼就像什麼。不過更多的霜花都像田園裏長的苞米葉子，有莖有脈，又肥又大。我跪在炕上，手扒窗臺，用舌頭在霜花上舐出一個個的小亮孔，像鼻子、像眼睛。我趴在亮孔上，手拄窗臺往外看。槽頭的老馬身上一片白，遠天近土也是一片白。老黃狗凍得蜷縮在窩裏瑟瑟抖著直哼哼，只有簷頭的家雀兒飛飛落落地擠著身子搶佔著窗。

作者處理這篇小說的結局，頗有人情味。當作者（二兒子）去看望那位被趕走的嫂子時，她卻堅持說「我並不愛你哥」，而且她的兒子也不是那家的骨血。可是，當她聽到那田氏逝世的消息，卻老淚縱橫、泣不成聲了。我認爲這是成功的結局。

值得思索的，她的話是否眞實？我認爲那是假話，她承擔了一生的痛苦，並不願意再讓對方感到難過，這是偉大的犧牲精神。

莎士比亞說的好：是愛，便會有悲劇的傾向。

九、張潔〈方舟〉

張潔的中篇小說〈方舟〉，在前面寫了兩句話：「你將格外地不幸，因爲你是女人」。在二十世紀八十年代，在婦女被稱爲「半邊天」的地方，連高級知識分子也感到「做一個女人，眞難！」這便有了值得探索的問題。

這篇小說中有三個女性：曹荊華是理論工作者，梁倩是電影導演，柳泉是外貿部翻譯，她們都有理想與才華，可是結果不但婚姻失敗，而且事業也受到打擊挫折，幾乎擡不起頭來。她們住在一棟破舊的公寓樓房內，過着淒冷而淸苦的生活。

曹荊華在文革時期爲了活下去，嫁給一個長年在深山老林勞動的工人，「那個曾經在一個炕上睡過六、七年，在一張桌上吃過六、七年的人。恐怕現在，就是面對面的走過，荊華也不會認出他來了。」荊華自從和他離婚以後，早已忘記他的模樣，每次回憶起來，只能「記起他身上那股像在蒜罈子裏腌過幾十年的大蒜味兒」。

他們的離婚非常乾脆。有一次，荊華積存了一把「揉得皺皺巴巴的角票」，準備寄給父親和妹妹作生活費，被她丈夫一把奪去，惡恨恨地說：「爲了養活你家裏的人，就做人工流產，我娶你這個老婆圖的什麼，啊?!離婚！」當年，荆華在零下二十度的山林木屋前勞動，如今患了腰椎骨類風濕，醫生說將來有癱瘓的危險。但是爲了生活下去，荆華依然努力研讀馬列主義，想從理論創作上獲取一點成就。但是她的滿腹經綸，卻被當權者視爲「異端分子」，壓得她喘不過氣來。若不是四人幫垮臺，她早就送去思想改造了！

柳泉父親是留英的，文革時判成「間諜分子」。柳泉是外文系優等生，她的婚姻比荆華還倒霉。每當她想向丈夫訴說一下父親的寃案，「他卻噴著滿臉的酒氣，強迫她做愛」。

柳泉的丈夫，當年的「造反派」小頭目，他是如何對待柳泉呢?

> 從他們結婚以來，每個夜晚，都好像是他花錢買來的。如果不是這樣，他便好像蝕了本。
>
> 柳泉怕黑夜。每個夜晚，對柳泉都是一個可怕的、無法逃脫的難關。每當黃昏來臨，太陽慢慢落山的時候，一陣陣輕微的寒顫便慢慢地向她襲來，好像染上了什麼疾病似的。那時，她恨不能抱住那個太陽，讓黑夜永遠不要來臨。他呢，卻粗暴地扭住她問：「你是不是我的老婆?」

柳泉帶著一個十來歲的男孩蒙蒙住在公寓，過著緊張、忙碌而清苦的生活。爲了工作，她還忍受著魏經理的侮辱與調戲。「她總覺得她在魏經理手下，就像蒙蒙經常用衛生球劃個圓圈圈住的那些小螞蟻，拚命地揮動著四肢，逃呀、跑呀，不論朝哪個方向跑，卻總是碰上那道發著衛生球氣味的牆壁。」那個外貿部的幹部魏經理，對於這個離過婚的孤單女人，花了不少心思，但卻始終不能得手。魏經理並非愛她，而是「吃膩了鷄鴨魚肉，有時便想換個口味嚐嚐」。柳泉苦悶、痛苦，她在閒來無事時，便靠吸菸來打發日子。

一縷縷的輕煙，從她薄薄的唇唆裏緩緩地噴出，在她的眼前無定地聚散。有一縷煙，像個大問號似的，在她的眼前扭來扭去。

問什麼？又問誰？啊，問誰？

屈原曾寫〈天問〉。後來呢？不過是化做汨羅江的波浪，日日夜夜拍打著緘默的堤岸。

柳泉想盡一切方法，調離外貿部，到外事局去工作，適巧那個單位最近需要翻譯。誰料外事局「這一塊地盤眞是針插不進，水潑不出」的機關，全是一些官僚主義和假洋鬼子在把持。原有的一位「花蝴蝶」女翻譯，「把個崇禎皇帝改了履歷，從明朝硬是挪到了清朝」，但是等到柳泉這位謙虛有禮、學識豐富的翻譯進了外事局，卻受到排擠，硬是不下達調職命令。那個外事局的當權幹部謝昆生，卻是這樣一身資產階級買辦的打扮：

　謝昆生手裏總是舉著一只骨製菸嘴兒，上面刻著中國畫裏特有的青山綠水。菸嘴上，還總插著一支正在燃著的香菸。身上的衣著，做工考究，不是「紅都」就是「藍天」出來的成品。現在，連穿哪兒做的衣服，也幾乎成爲說明身分的標誌。光線強時變暗、光線弱時變淺的變色眼鏡，大概除了睡覺的時候，是永遠戴著的。……不願意讓人看見的、粗鄙的地方，那就是從他所感興趣的異性身上。

柳泉是一個逆來順受的女人，她只有哭泣，怪自己命運不濟。但外事局的當權幹部，硬是想排擠這個傑出的外文系高材生。甚至造出謠言：某個中午，她不知和外賓到什麼地方幽會，這眞是天大的汚蔑！原來那天「布朗女士提出要到王府井吃點中國風味的小吃，林克先生聽了也要同去」，而且柳泉還請示了組長，前後不過一小時而已。這就是柳泉所以流淚的緣故，除了流淚，她又有什麼辦法？

梁倩的性格比柳泉剛烈，時常發脾氣。她是一個優秀電影導演，因爲嫁給了一個市儈丈夫白復生，兩人只得一刀兩斷。梁倩夜以繼日地工作，想拍製出一部超級的藝術影片，她幾乎到了忘我的境界。有一次，白復山碰見了她，她的形象是這樣的瘦弱不堪，引人同情：

白復山看見，梁倩的袜套上有一個破洞。怎麼會搞到這種地步，她又不缺錢用！他順著這短袜一路看上去，上面是細得麻桿一樣的小腿，再往上是窄小的胯，再往上是癟的胸，再上，是暗黃的、沒有一點光澤的臉。

梁倩分居的丈夫不僅不同情她，而且還打擊她，造謠她導的電影「某領導看了很不滿意」。最後，當上級審查梁倩導演的影片時，有人說：「那個工人睡覺打呼嚕怎麼打得那麼響？這不是醜化我們的工人階級嗎？」還說：「那女主角的奶子怎麼那麼高哇？眞的還是假的？啊？要是存心塾的，我看這可是一個嚴重的思想意識問題，要認眞地討論、討論。這是不是色情，啊？不是誘導青少年犯罪又是幹什麼？不要搞成黃色電影啊！」不用問，梁倩苦心導演的影片封殺了！這就是文藝領導給予梁倩的待遇，她只有無語問蒼天了！

張潔的中篇小說〈方舟〉，固然是寫婦女解放問題，但也對官僚主義，以及社會上不正風氣加以抨擊。柳泉經過自由市場，親眼看見管理員到處揩油，把西紅柿、豆角、青椒、鷄蛋收進來，一毛不給，一派流氓習氣。

那小青年正在啃西紅柿。淺粉色的汁液，順著尚未長滿髭毛的嘴角往下流。……隨手將果蒂往門外一扔，恰巧落在一個乾乾淨淨的女孩子身上。

「缺德！」那女孩急忙撣著自己的襯衣。

「×你媽！」他一面甩著手上的汁液，順手往門框上抹了一把，一面當仁不讓地回了一句，一下子就讓那女孩處在無法對付的地步。

張潔是一位優秀的寫實主義作家，〈方舟〉具體地反映出離婚婦女依然受到不平等的待遇。其實不僅中國如此，世界上還有不少國家依然如此。張潔把這種現象提出來，讓讀者矚目，非常明智。這篇小說題爲〈方舟〉，按照基督教《聖經・創世紀》記載：上帝降洪水災難時，諾亞順從上帝旨意造了方舟，救出一些人畜。因而西方文學常以「方舟」作爲避難所的象徵。張潔也許把那棟破舊的樓房比做「方舟」，讓這三位不幸的婦女暫時在此住宿。但願有一天她們找到像安泰那樣的對象，結婚，搬出去，重新過起幸福甜蜜的生活。

十、路遙〈人生〉

路遙的中篇小說〈人生〉，文筆素樸通俗，是大陸傳統的讓農工大眾喜聞樂見的小說風格。它是愛情題材故事，通過高加林和劉巧珍、黃亞萍的三角戀愛關係，揭露出「走後門」等不正之風，也具體反映出深刻變革時的農村問題。

民辦教師高加林被無故撤職回了家，懊惱萬分，他是不甘心情願當農民的。雖然沒唸過書的劉巧珍的愛情暫時拴住他，但等他在縣城和女同學黃亞萍重逢，爲了向大城市發展，竟然和亞萍談戀愛，回拒了巧珍。最後，高加林被人揭發「走後門」謀求工作，竟然又灰頭土臉返回農村。儘管他失敗了，但是那質樸而善良的鄉親們，依然誠摯地接納他，歡迎他，結束了這個二十四歲青年的荒唐夢。說起來這是喜劇。

路遙創造的農村姑娘劉巧珍，非常純潔、熱情。她爲了愛高加林，不惜幫他去城裏「賣」白饃。回來路上，聽她勸導高加林的話是多麼體貼呀！

「加林哥，你不要太熬煎，你這幾天瘦了。其實，當農民就當農民，天下農民一茬人哩！不比他幹部們活得差。咱農村有山有水，空氣又好，只要有個合心的家庭，日子也會暢快的……」

當高加林故意謙虛說自己「要文文不上，要武武不下」，將來恐怕當了農民無法養活妻兒，那個多情而心細的巧珍竟然向他說：「加林哥！你如果不嫌我，咱們兩個一搭里過！」他倆陷進愛情的樂園。對於高加林的話，巧珍絕不打折扣，樣樣都聽。高加林勸她刷牙，巧珍從此每天刷牙，但在鄉間的農民眼中，刷牙是「西洋景」。巧珍刷牙引起了議論紛紛：

「一天門外也沒逛，斗大的字不識一升，倒學起文明來了！」

「衛生衛生，老母豬不講衛生，一肚子下十幾個胖豬娃哩！」

「哈呀，你們沒見，一早上跐蹴在硷畔上，滿嘴血糊子直淌！看這洋不洋？」

劉巧珍全心全意愛他，怕他餓著，煮鷄蛋，還給他一包蛋糕；知道他勞動手掌磨出血泡，給他送紅汞水；怕他煙癮上來，爲他買上一條香菸。有一次巧珍柔情地對高加林說：「我看見你比我爸和媽還親。」巧珍見加林因勞動而疲倦，她心疼地說：「等咱結婚了，你七天頭上就歇一天！我讓你像學校裏一樣，過星期天。」但是，高加林內心依然充滿矛盾，他愛巧珍，但是又不心甘情願在農村生活，這是他始終難以啟齒的內心隱衷。就在這時，他倆的壞名聲開始在村內傳播開來。有兩個黑夜偷西瓜的小孩，看見他倆在村外打麥場的麥秸垺旁親嘴。

謠言經過眾人嘴巴的加工，變得越來越惡毒。有人說巧珍的肚子已經大了；而又有人說，她實際上已經刮了一個孩子，並且連刮孩子的時間和地點都編得有眉有眼。

謠言不僅沒有破壞了他們的愛情，相反地卻增進了他們的愛情。那天，他倆肩並肩地在村外向城裏走，村裏的鄉親、鄰居紛紛走出來看兩個「洋人」。「有羨慕地咂巴嘴的，有敲怪話的，也有撇涼腔的。」一羣小青年笑成一團，「給他們扔小土圪塔，還一哇聲有節奏地喊：高加林、劉巧珍，老婆老漢逛縣城……」這一對理想的農村青年情侶，眼看就要結婚的時候，由於高加林叔父轉業來縣城作「勞動局長」，加林便調到縣城作記者。高加林和女同學黃亞萍碰面，經不住亞萍對他的情感挑逗，高加林竟然喜新忘舊，對於農村的巧珍漸漸疏遠起來。

但是，劉巧珍依舊對他關愛備至，她走進他的住處，摸摸床鋪，揣揣被子，生怕加林凍著。但是加林卻嫌她囉嗦，恨不得她趕快回去。請看他倆的對話：

「被子太薄了，罷了我給你絮一點新棉花；褥子下面光氈也不行，我把我們家那張狗皮褥子給你拿來……」

「哎呀，狗皮褥子掂到這縣委機關，毛烘烘的，人家笑話哩！」

「狗皮暖和……」

「我不冷！你千萬不要拿來！」

「三星已經開了拖拉機，巧玲沒上書了，她沒考上大學。」

「這些三星都給我說了，我已經知道了。」

「咱們莊的水井修好了！堰子也加高了！」

「嗯……」

「你們家的老母豬下了十二個豬娃，一個被老母豬壓死了，還剩下……」

「哎呀，這還要往下說哩？不是剩下十一個了嗎？你喝水！」

「是剩下十一個了。可是，第二天又死了一個……」

「哎呀哎呀！你快別說了！」

作者塑造的高加林，有他光明的一面，也有陰暗的一面。為了妄想到大城市發展，愛上黃亞萍，便拒絕了巧珍的感情。巧珍悲憤萬分，適巧馬拴前來求婚，她便答應下來。誰知黃亞萍和加林相愛，卻得罪了亞萍原來的情人張克南的母親，她給地紀委寫信，揭發高加林因「走後門」來縣工作，這件違法案件迅速執行，最後高加林只得捲鋪蓋回鄉。那個愛他的黃亞萍，已愛莫能助，她是不會去農村生活的；而深愛他的巧珍，已和馬拴結了婚。

高加林快走近村子，聽見有個孩子在對面山坡上唱起「信天游」，實在巧妙至極：

哥哥你不成材，

賣了良心才回來……

迎接這個在愛情和事業上失敗回來的，是老光棍德順爺爺。德順爺爺叮囑他，「你的心可千萬不能倒了！」他指著周圍的大地山川說：「就是這山，這水，這土地，一代一代養活了我們。娃娃，你不要灰心！一個男子漢，不怕跌跤，就怕跌倒了不往起爬，那就變成個死狗了……」

路遙在〈人生〉的收尾，寫出了高加林眞正的覺悟：

高加林一下子撲倒在德順爺爺的腳下，兩隻手緊緊抓著兩把黃土，沉痛地呻吟著，喊叫了一聲：

「我的親人哪……」

路遙這篇小說的主題固然平凡無奇，然而它卻揭露出大陸農村在改革時期產生的矛盾。在生活中，不少青年像高加林一樣，總把想作記者或是工程師稱作「理想」，其實那是錯誤的，那叫「願望」。高加林的缺點，浮躁，像黃豆芽沒有紮根，永遠浮在水面上。這是青年人普遍的缺點。甚至不少中年人亦是如此。德順爺爺是一個鄉巴佬，通過大半輩子的生活經驗，卻講出那富於哲理的話，這也是青年知識分子不可忽視的事，應該虛心向他們學習。

十一、許輝〈焚燒的春天〉

大陸的小說家對於鄉野景緻的描寫，比起臺灣、香港和海外華文小說家要高明些。這是由於通過長期觀察的結果。我國十七世紀畫家石濤，他自稱作畫是「搜盡奇峯打草稿」，傳爲美談。若是石濤生活在一個都市裏，他是難以觀察山峯的壯偉氣勢的。

近幾年頗受矚目的小說家許輝，他的中篇小說〈焚燒的春天〉便是一幅鄉野水墨畫。一望無際的甸子，茫茫蒼蒼，幾株高而直的白楊樹，孤單地聳立在傍晚原野上。許輝的描寫素樸，簡單的幾筆便勾畫出甸子的綺麗景色來：

路兒花白，在暮色裏蛇一樣曲曲彎彎地走。上了一個緩坡，就見著下邊是無邊無際漫在暮色裏的一大片水，水邊胡亂地長著雜七雜八的草，梗兒硬直像蛇一樣的花白的小路，一條順著坡岔向往村裏去的土大路，一條就岔到水邊去。

許輝描寫一對農村青年男女，由相識、相戀到搭屋結婚，都在這一派春意盎然的草甸子上。

作者寫他倆的純眞的愛情，比《浮生六記》裏的沈三百和芸娘還要纏綿，讓天下有情人發出會心的微笑。

小瓦趕緊洗完衣裳，就把飯和黑糊糊的鹹菜疙瘩裝在小籃子裏，鎖上門，一手拎著兩把短柄鐮刀，一隻胳臂挽著小籃兒，匆匆忙忙往丈夫身邊奔。

太陽當空啦，陽光就有了些勁頭，再過個把時辰，草梗兒上的露珠就散盡了。小瓦奔到丈夫身邊，喊著：「國柱，國柱哎，吃哩。」國柱就扔了砍刀，拿衣襟在臉面上抹一把，對著小瓦咧開嘴齜著牙一笑。小瓦就一邊跪在草梗上把飯菜從小籃子裏拿出來，一邊紅著臉講：「國柱，怪哩，俺一會兒不見你，俺就想你想得慌。」

國柱正轉身對著荒草撒尿，聽見小瓦的話，就尿不出來了。他就扔了褲帶撲到小瓦身上，把老婆扳倒在剛砍下來的秋草上，小瓦渾身就連一丁點勁都沒有，小瓦就咬著丈夫讓丈夫作踐自個。過後，國柱就翻到一邊去，從兜裏摸出一根玉兔菸，劃上火柴點著，仰著臉對著天喘氣，對著天抽菸。

天空瓦藍瓦藍的，又高又遠又乾淨，像這大草甸子一樣。小瓦側過身用胳膊去摟丈夫，喃喃地講：「好國柱，俺得給你下個崽啦，俺能給你下三五個崽哪。」

丈夫哼哼地應付著小瓦，享受着自個的菸，爾後就拿粗糙的大手在小瓦的臉蛋上呼嚕一把。

他們親親熱熱地歇夠了，吃飽喝足了，又悶著頭幹活，悶著頭砍草，一直幹到晌午，才能歇下來。

許輝的筆下的這一對農村男女，生活雖然簡單、清苦，但是愛情卻非常濃烈、充實。這叫長期生活在都市中的人們，感到非常新鮮而親切：

「國柱，國柱哎，怕要涼著。」一邊說一邊臉兒紅起來，「俺聽俺嬸幾個議過，漢子做了那事，就怕涼著。」

「俺倒不怕。」國柱逞能地說。「俺馬快幹活就幹出一身汗來，俺還怕涼著。」

小瓦相信地點點頭，像一隻小母狗，乖乖地隨在國柱後頭。

中國大陸經濟改革開放，許多長期蹲在農村的青年，看到或聽到城市的個體戶，掙錢容易，因此他們都不甘心做苦活兒，都想進城去找出路。這是八十年代的農村青年的普遍心態。

作者抓住這個題材，寫出這一對年輕夫婦的矛盾與苦情。國柱走後，把小瓦留在荒涼的甸子上，孤獨無依。國柱怕小瓦遇到困難，又囑託好友傅林隔上三五天來看望小瓦。但日久天長，小瓦便和傳林發生了畸戀，這也是令人意想到的後果。

天陰得愈加沉重，天黑得也就迅猛。餵了鷄、狗，吃罷飯，天黑得就不像樣子了，西北風颳得嗖嗖的，聽起來好嚇人。

傳林講：「俺該回啦。」

小瓦低著頭，咬著唇兒，過了一刻鐘，輕聲輕語地說：「風颳得嚇人，就住下吧。」插了門，把燈端在裏間屋。小瓦噗地一聲把燈吹滅，兩個人擠在一床被裏，翻上翻下地亂動。

這一夜小瓦睡得又暖和又踏實，一直睡到第二日小半晌午，開了門看，大雪又落了，荒甸子上白茫茫的什麼也瞧不見。

許輝創作的這個中篇小說，猶如一首田園詩。雖然傳林和小瓦發生畸戀，但並不影響小瓦和她丈夫的愛情，因爲傳林已經訂婚，只等選個吉日良辰，他便結婚。不久，那個上城掙錢的國柱返回了家。小瓦喜極而泣。她勸國柱：「眼看立春啦，該種啦，該養啦，守著家吧。」國柱說：「俺在城裏掙錢哩。俺現時進施工隊啦，雖說是下手活，也比家裏強哩。」經濟改革，把整個農村的傳統秩序破壞無遺。農民的心渙散了，那往昔的「兩畝地，一頭牛，老婆孩子熱炕頭」的農民意識，已經隨著嚴冬封凍；如今春風吹醒了草甸子，甸子上的青年農民，都陸續進城去掙錢了。

作者許輝在這篇小說結尾，焚燒了土坯房，象徵著傳統的農村經濟已成廢墟。蒼茫的甸子，呈現出如此淒清而迷濛的景色：

大草甸子還是青藍藍的，天和地都成了一種顏色，好不悅目。在大草甸子的中間，忽然地起了一股煙，煙越來越濃，在青藍藍的天和地之間亂滾。後來火就噼噼啪啪地燒起來了，燒成一片通紅，在青藍藍的大草甸子上顯得好不壯觀。等國柱上氣不接下氣地跑到土坯房跟前時，火把灶屋和兩間正房都燒成一片火海了。小瓦坐在粗木床上，瞅著土坯房，淚珠兒吧嗒吧嗒往下掉。

這一對小夫婦懷著矛盾的、希冀的心情，坐著牛車離開了如詩如畫的甸子，向那遙遠的城市走去。那城市裏有成千成萬的農村青年在淘金、挖金、撈金，他們能夠在城市中賺回彩電、手錶和飛鴿牌自行車。眼前的草甸子的風景有啥看頭？白楊樹上的兩隻老鴰，也許正呱呱地向小瓦、國柱喊「再見」呢。但是，小瓦的臉上爲什麼泛著愁容？眼眶爲什麼噙著熱淚呢？

許輝雖然沒有寫出小瓦跟丈夫國柱進城以後的結局，聰明的讀者也會找出最後答案的。這也是〈焚燒的春天〉寫得成功的地方。

十二、從維熙〈雪落黃河靜無聲〉

從維熙的中篇小說〈雪落黃河靜無聲〉，是一首悲壯的史詩。讓後代的中國領導者看清一個事實：知識分子絕大多數仍是可愛的、具有高貴的品質；范漢儒這個小說人物，代表了在錯誤的政策下受侮辱與損害的一羣，他爲我國古代的「士可殺而不可辱」的道德勇氣作了有力的詮釋。

在苦難的年代，「連地下的耗子都餓瘋了的年頭」，范漢儒在勞改的養鷄房勞動，他寧肯煮白菜疙瘩和死老鼠，也決不沾一點蛋花的腥味兒。這個充滿正氣的知識分子，敢於向勞改隊長進行鬥爭，他的話讓人折服，「我養鷄是爲國家，不是任何個人隨便驅使的奴隸！」這是多麼憨直而堅強的話！但是他卻忘了一個事實：在錯誤的政策下，千千萬萬的人作了奴隸！

小說一開頭是一封「鷄毛信」。信中記述范漢儒和葉濤在「四人幫」垮臺後，兩人跑到黃河岸去喝酒的一幕，充分流露出中國知識分子熱愛自己土地的感情：

> 最後，我們把喝剩下的半瓶汾酒，獻給了我們偉大的母親——傾倒進了滔滔黃河！當時，你和我都像孩提一樣，激動得哭了！葉濤！你還記得嗎？當時，一列西安開往北京的

客車，正駛過黃河鐵橋，乘客們無不驚異地把臉貼在車窗上，瞧著你我兩個躑躅於黃河之畔的瘋子。特別是當那個外國人，把帶長鏡頭的照相機，對準黃河拍照的時候，我們跳著高向他喊著：

「拍吧！黃河是我們中華民族的驕傲！」

「拍吧！我們都是黃河的偉大子孫！」

從維熙在這篇小說中處理范漢儒和陶瑩瑩的相識到相戀，既細緻生動而又富於戲劇性。兩人同是勞改犯，都是一根藤上長的瓜，他們是從范漢儒去講授養鷄經驗開始，迅速地墜入情網。後來，范漢儒被押往山西的火車旅途上，因爲感冒，恰巧女犯陶瑩瑩作隨車醫生，她爲他診病的剎那，進行關懷與愛情的對話，實在今人感到生動有趣：

「我還以爲你留在……」聲音很輕，好像來自另一個遙遠的世界，「眞想不到……」

「我剛留場就業半個月，看起來好像是命運使我們……」

「那邊有黃河……黃河。」

「三十九度三！」

「那邊有『重耳走國』的遺址。」

「給你打針吧！」

「那邊的平陽府是堯的故鄉。」

「疼嗎？」

「唐朝大詩人王維、元稹、白居易，還有柳宗元都祖籍山西。」

「再吃兩片藥吧！」

「那兒還出『烏金、墨玉』。」

「水！有開水嗎？」

等發燒三十九度三的范漢儒喝過了白開水，列車鑽進一條長長的隧洞。等火車駛出隧洞，低語聲重新開始。作者這樣寫著：

「你喜歡古老的黃河嗎？」

「嗯。」

「我爸爸在黃河套背過縴繩！」

「眞！」

「黃河大合唱，開頭怎麼唱來著？」

「『我站在高山之巔，望黃河滾滾，奔向東南。』」

「我們能看見黃河嗎？」

「能。有棉被嗎？」

凡是談過戀愛的男人，都會體會出這些對白的眞切性。陷入愛河的男人，常愛說些超出現實的語言。范漢儒如今感冒發燒，他的情話更加激烈高亢。他是一個嚮往黃河的愛國主義者，即使和陶瑩瑩談話也脫離不了這一條古老的河流。陶瑩瑩背着紅十字醫療箱走了，他依然沉浸在滾滾的濁流聲裏。

范漢儒在睡夢中呼喊著「黃河」。他大概夢見了他也像父親那樣，背著勒進皮肉裏的縴繩，正在拉著一條沒有帆槳的重載船吧！不然，他的額頭怎麼會墜落下那麼多的汗珠呢！一滴、兩滴……十滴、百滴……順著他開闊而外突的前額泉湧而出！

按說范漢儒和陶瑩瑩是可以結婚的。但是，陶瑩瑩在一九五七年被錯劃右派後，企圖逃出中國大陸，不料被攔截拘捕，以叛國罪被判徒刑。這是范漢儒最不能諒解的事！「屈原受了那麼大的寃枉，並沒有離開生養他的祖國土地呀！最後，還是跳進了汨羅江，被稱爲千古忠魂！」剛正不阿的范漢儒，對於任何罪犯都能諒解，殺人犯、偷竊犯、政治犯；而他愛黃河、愛中國，「只要不是叛國犯，我都能諒解」，他的話代表了他的思想與意志。陶瑩瑩聽在耳裏，記在心頭，她的自卑心理愈加濃重，這便鑄成了他倆永遠難以結合的悲劇。這個悲劇是合情合理的，否則便破壞了范漢儒那執著而堅強的性格。

但是范漢儒卻一直不知道她是叛國犯。這便增加了小說的戲劇性的發展：

「我說：『我們的年齡都不小了！是不是……』」

「她總是轉移話題：『學生的外語作業本在哪兒？我幫你批改吧！』」

「我說：『葉濤的孩子都二十多歲了！咱們……』」

「她說：『你過冬的爐子煙筒，該換幾節了；萬一破煙筒漏了煤氣……要不要早點把新煙筒買下！』」

最後，當范漢儒約來了好友葉濤來到河濱小鎮，陶瑩瑩卻留下一封信，走了。她終於說明怕水的原因，她是「在出逃時的國界界河中被捕的」；她還解釋爲什麼從不去黃河邊上散步，她自認是「黃河的不肖子孫！」

這個中篇小說〈雪落黃河靜無聲〉是感人的、催人淚下的悲劇。這篇小說並沒有控訴文革以及錯誤政策，但是它卻寫出了中華兒女的浩然正氣，像范漢儒、陶瑩瑩這麼愛國家、愛民族的知識分子，你愛他們還來不及呢，你們怎忍心再去羅織罪狀、無限上綱，逼迫他們走上絕路？

* * *

從維熙是一位寫實主義小說家，《人民文學》一九八八年第五期發表他的兩篇小說，風格迥異，內容不同，但其表現手法卻甚高明，值得一讀。

〈牽駱駝的人〉，一位年老的洪德章，牽着一匹雙峯駝在大漠中行進。孤獨的老人對往事的回憶，雖然沉悶一些，但由於佈局嚴謹，論事清晰，卻引起讀者無比關懷與同情。當年他曾扛著槍桿，唱著「雄糾糾，氣昂昂」的軍歌過了鴨綠江橋，參加了韓戰。後來被美軍俘獲，臂上刺字回來，分派到西北地區沙石廠做工。文革時期，紅衞兵批鬥他，若不是他的啞巴老婆救他，他的胳臂便被砍掉。如今老伴作古，只留下他一個孤獨老人，伴著心愛的駱駝，走在大漠之間。

作者對於沙漠地帶的風景描繪，生動細緻如同畫圖：

農曆三月三是公曆四月十八，塞外已然柳煙朦朧，難得見到的幾行沙柳枝頭，織出一片鵝黃的綠。駱駝刺在荒蕪枯乾的地皮上萌出芽芽，這是浩渺大漠春色的唯一裝飾；除此之外，除去黃色還是黃色，只有遙遠的沙丘抹著紅唇——那是太陽從那兒升騰起來了。

洪德章牽著駱駝到一座冷寂小鎭趕廟會，他想碰上一些從海外回來的觀光客，給駱駝照相，給一點錢。他並非爲掙錢而來，完全是爲了排遣寂寞而來的。不久前洪德章在張家口遇上外國人給駱駝拍照，洗了一張給他，他還要給人家錢，那個洋妞退回了錢，卻塞給了他十元美鈔。就是這十元美鈔，引起了往事痛苦的回憶，「這東西他在朝鮮見到過，連同美國的湯姆式等戰利品，一塊上繳給部隊。」

作者描寫當年洪德章從朝鮮回來，心情很痛苦，一踏進國門，「被叫進一間紅磚屋，像審判臺一樣的木桌後面，坐着一排威風凜凜的軍人。」

「你爲什麼要回國？」

「我是在這兒生養的。」

「材料中寫得都如實嗎？」

「屬實。」

「在戰俘營裏那麼堅強，怎麼在戰場上就舉手投降呢？」

「炮彈翻起的泥土把我埋在裏邊，醒過來時已經被俘了。」

「能找到證明人嗎？」

「有一個譯電員叫李廣廉，他……」

「是啊，拿沒回來的人當人證，是最聰明的手法，……還有什麼有力的證據嗎？」

洪德章突然吼了一聲：「天地良心！」

這個滿肚子委屈的人，從那天流著眼淚走出那間紅磚房時，好像傾盡了他一生的全部語言，從此之後，他再也不吭聲了。那個國軍排長留在大陸的啞妻，誤會洪德章是啞巴，所以才愛上他的。次年，他們兩人結了婚。「只有兩張結婚證，一張木板床。」

洪德章在文革時期，被紅衛兵提審，跪在地上不吭聲。紅衛兵說他是「美國特務」，他說當過戰俘，紅衛兵硬是強迫他捲起衣袖，審問他胳臂上刺的反共的字。這是洪德章最大的祕密。「在如蒸如烤的河灘挖沙石時，十幾年內他沒穿過短袖衣裳，啞巴女人覺察到丈夫的隱痛，特意在每件小褂袖口縫上紐扣，以防袖管被風吹起，招來突然的災禍。」但是現在災禍終於臨頭了。

請看，紅衛兵的審問是多麼幼稚可笑：

「跑了和尚跑得了寺？你認爲剜掉那兩個反革命字眼就能掩飾你的特務身分嗎？告訴你，你的檔案跟你一輩子。說！你在這兒臥底，到底接受了什麼任務！」

「餵馬。」

從維熙以極其冷靜的筆法，寫出這位牽駱駝老人的悲劇命運。他安排老人來到喇嘛廟，碰到在朝鮮分手的譯電員李廣廉。對方是以觀光客身分從海外回來。李廣廉發現雙峯駝的屁股上，烙出「洪德章」三字，便問老人此人在哪裏。洪德章搖頭不答。接著，作者這樣寫下去——

「請問，他在哪個單位工作？」

洪德章酸淚突然漲出眼眶，他把頭埋進了兩膝之間。

女導遊甜甜的話音：「喂，牽駱駝的同志，這位李先生問你事兒呢！你答個話，這個僑胞想去看看他！」

洪德章被話鋒逼得無路可退，突然用袖口一抹眼窩，從牆根下像皮球一樣彈跳起來，聲嘶力竭地喊叫道：

「我是聾子……」

「我是啞巴……」

作者用一個牽駱駝招財，一個騎駱駝施捨，襯托出洪德章「欲哭無淚，欲喊難以出聲」的尷尬與痛苦。這個偉大的悲劇題材，恐怕已被年輕一代的讀者淡忘了吧。

從維熙的另一篇小說〈釣龜記〉，諷刺一些官僚主義，到鄉下養魚塘來釣龜，其實就是打秋風，變相訛詐勒索而已。小說描寫一對青年夫婦養殖魚、龜成功，受到地委、縣委的表彰，因而記者絡繹不絕。氣得男主人放出狗去咬記者，因爲他們生活受到嚴重影響。

這日地委黃祕書來向他說，地委呂副書記心情不佳，星期天來此釣青龜，同時提出一點要求：「你們要想辦法，讓呂副書記能釣著青龜，一個不嫌少，一巴掌也不嫌多。」

這一對用汗水換來的養殖青龜成功的果實，想不到惹了這麼多麻煩，氣在心裏，卻不敢得罪地委大爺。但是，申茂不服氣，他下決心不能讓呂副書記釣到青龜，否則以後此地成爲官僚們的休閒解悶的旅遊點了。

星期天，黃祕書陪同呂副書記下鄉釣龜，兩人開始了談話，請你凝聽一番：

「組織部眞是瞎折騰，聽說想逼您離休！」

老頭兒熟練地把釣桿上的鈎鈎，甩進了水裏，感慨地連連搖頭：「論革命資歷在這地盤上我是老大，論身板我一頓飯能吃一條甲魚外加半扇烤子豬，別看肚皮鼓起來了，五臟六腑檢查不出任何毛病來；論工作能力，地區還找不出第二個人能站在擴音器前，哇啦哇啦講上四個鐘頭不帶講稿的；誰能上邊應付省委，下面對付縣委，不是自吹自擂，只有我呂常金一個。他媽的，這些瞎眼的老家雀子，都用嘴鴿我！」

「拉您到這兒來，……可以卜算一下您的運氣！」

「咋個算法？」

「……您要是釣上一隻龜來是中吉，釣上兩隻龜來是大吉，釣上三隻龜來是永吉。中吉代表您原地踏步，繼續當您的副書記。上吉代表您的副職轉爲正職，定要出任地區第一把手；要是永吉麽，這可就難以預計了，至少進省委的班子，就憑您在北京和省城有那麽多老戰友，還許有進北京的希望哩！」

老頭兒格格地笑起來……

不用問，這老頭兒白釣一場。可是養魚塘主人早就準備了一條死龜，裝進塑料袋裏送給黃祕書，一面解釋：「這隻剛斷氣的烏龜，一非病死，二非毒症咽氣，只因爲它在水塘是貪婪的大肚漢，吃食兒太多撐死的！」

這眞是絕妙的諷刺話。

十三、陸文夫〈清高〉

陸文夫是資深作家，他的生活範圍和小說題材都在蘇州，因此他創作出具有蘇州特色的作品。這種作品過去沒有，現在沒有，將來恐怕也難出現，這不是恭維他，而是客觀的事實。有人稱他「陸蘇州」，這是對他的藝術作品的形象評價。

陸文夫在〈小說門外談〉中曾說：

> 我們都是經歷過抗日戰爭，……文化大革命、粉碎四人幫……整整一部現代史都裝在腦子裏。文學是寫人的、寫人命運的。在社會的大轉變中，人物的命運是那麼千變萬化，起伏不定。而這些都是一部激動人心的好作品所不可缺少的。

陸文夫在一九八七年春寫出的短篇小說〈清高〉，被評爲當年最受讀者喜愛的作品。〈清高〉描寫一個資深小學教師汪百齡，年輕時家境困苦，連買電影票的錢也捨不得化，怎能奢談戀愛結婚？他自少便銘記他父親的話，人窮不要緊，但要有志氣，從事教育工作，怎能隨便搞對象？那是不高尚的。「高尚是一種強大的精神力量，足以抑制和拖延那求偶的慾念。」歲月匆匆，到了八十年代，汪百齡還沒結婚，他的母親、二弟、三弟可急壞了！但是汪百齡依然自恃清高，窮要窮得有志氣，《聊齋誌異》的仙女和狐妖都是愛上窮書生的。

汪百齡這種「清高」觀念，生活在八十年代的中國大陸，完全和現實脫了節。汪百齡大弟工廠生意好，月進一千多，如今正準備結婚；小弟中學畢業擺地攤，賣西裝牛仔褲，兩年之內賺了七、八萬，如今開一爿百貨店。他一天賺的抵汪百齡一年的工資。「錢是一塊磁鐵，吸得幾個姑娘粘著他，只是還沒有個理想的。」汪百齡年紀一大把，一年到頭穿那一套藍卡嘰，而且自命清高，他怎麼會找到對象呢？

八十年末期的中國大陸，汪百齡這個書呆子是不知道。可能他專心教書，連報紙也不看。一九八八年十月，浙江一名大學生登了一則徵婚廣告，立即受到一位姑娘的痛罵。此信刊於十一月十七日浙江《工人日報》：

> 讀書苦，讀書忙，讀書有啥用場？像你握著筆桿的，不如討飯，像你這種全世界頂背時的背時鬼，純粹給大學生鬧笑話。文化當不了飯吃，理想當不了錢化。現在的姑娘都吃人民幣，像你這種有筆桿，沒有人民幣的，只有娶個五十歲的老太婆。如果你今後娶上老婆，勸你的兒女不要上大學，讀到小學五年級夠了，現在都有計算機，勸她賣甲魚，那時

她就成億萬戶了❶。

陸文夫這篇小說〈清高〉發表在「腦體倒掛」的八十年代末期，眞是及時。汪百齡的小弟爲了給大哥換門面，不到一刻鐘，便帶回一套深藍色西裝、一件淺黃色高領毛衣、三件雪白襯衫，還有一雙牛津底的輕便皮鞋。換上新裝，小學的女同事叫了一聲：「唷，老夫子也摩登了！」

第一個姑娘，是個女工，大學臺階上滑下來的。看完了電影，那姑娘意猶未盡，請大伙去喝咖啡。一進門便把一疊鈔票放在帳臺上，「拿著，多退少補。」七、八個人，這姑娘請每人一客咖啡，一罐可樂，外加巧克力冰淇淋，一共化了七十四塊錢。汪百齡請客的電影票錢，五八四十，四塊錢。汪百齡回去一想，「講排場，愛虛榮。」天亮之後，從夢中回到現實裏來：「那姑娘是好啊，可我陪她不起。」他不要了。

人家給他介紹的第二位姑娘，非常高雅，兩人約會也很別緻，看畫展。不過在汪百齡的感覺中，「不是看畫，而是聽話。」她從時裝談到當前的萬元戶，「不是打短工的就是個體戶」，烏煙瘴氣。她從一幅畫扯到畢加索，她喜歡音樂，下班回去，聽聽貝多芬、莫札特，當然要聽進口的錄音帶，音響設備要好一些。直到最後那姑娘才向汪百齡看了一眼：「當然，也需要有一位能

---

❶《光明日報》一九八九年二月二十日第一版新聞。這封信刊出後，引起熱烈反應，有七百封讀者來函，有攻擊也有同意。總的來說，這個姑娘的信是實在話，但輕視知識也值得憂慮。

夠欣賞的聽者站在旁邊。」

汪百齡邊聽邊想，……一架鋼琴要上萬，高檔組合音響也得三、四千……有了鋼琴還得有套大房子，還得搬出小巷子……還得叫自己站在旁邊陪她一夜。誰燒飯，誰掃地，第二天還得上課哩！高貴的姑娘啊，拜拜——再見。

汪百齡後悔，還是頭一個姑娘好。可是人家「不幹了」，人家說「大哥太清高」。

最後又介紹了一個年輕漂亮的姑娘。姑娘初訪汪府，先和老太太聊家常，先從買菜講起，接著談生意經，和汪百齡的小弟談如何發展個體戶，以及皮鞋、羊毛衫和新式女大衣。談起新式女大衣，汪小弟為了博取未來嫂子的歡心，馬上答應帶她去自己百貨店選一件。

作者的結尾，寫得妙不可言：

小弟左顧右盼，春風得意……對了，現在要探探姑娘的口氣，以免白送一件呢大衣：

「你覺得怎麼樣，我大哥人不錯吧？」

姑娘輕快地笑了：「你大哥人很好，只是太清高，比較起來還是我們志趣相投，有共同的語言……」

「什麼?!」小弟大吃一驚，猛地回頭，呼隆隆一陣響，雅馬哈闖進了水果店。

陸文夫的文詞錘鍊工夫很深，他的小說講究押韻，因而使讀者看起來很舒服。他提出「注意文字的音節」主張。特別他在八十年代發表的小說，具有詩的語言形式與韻律美。陸文夫稱得上是當代城市風俗小說家。

〈清高〉是陸文夫〈小巷人物誌〉中的一篇。他筆下的小人物，朱源達、唐巧娣、姚大荒、徐麗莎、李曼麗，以及〈清高〉裏的汪百齡，每一個小人物都有他的滄桑史，混合著歡樂與哀愁，他們都是令人同情的人物。他們的不幸遭遇主要地還是歷史環境造成的。

陸文夫的小說〈小巷深處〉早在五十年代即已成名。他在八十年代還創作豐富，這是值得喝采的事。

十四、林斤瀾〈邪魔〉

林斤瀾是浙江溫州人，但長期住在北京，他的小說具有濃重鄉土特色，主題寓意深長。我看他的小說已有三十多年歷史，卻覺得猶如嚼橄欖似的越嚼越有味。尤其他在八十年代發表的短篇小說〈十年十癔〉、〈矮凳橋風情〉等短篇小說，風格爲之一變，讓我確有一新耳目之感。這是資深小說家最難突破的一種成就。

新時期的中國大陸小說，揭露文革時期痛苦生活題材甚多，林斤瀾的短篇小說最具代表性，雖然每篇四千字左右，卻都深刻而感人。一九八二年他在《人民文學》發表的〈邪魔〉，描寫一個受到政治迫害的科技人員，他「精瘦，相貌穿著都和一般農民一樣，領子也窩著，帶著油垢。指甲也鑲著點黑邊。只是眼窩深膒，農村裏少見。那眼珠子彷彿藏在洞洞裏，打明面上看過去，覺著冷、怪、不知深淺。」作者筆下的這個科技人員，即使不發一言，也給讀者發出無限地敬畏與同情心理。

林斤瀾的短篇小說，從不正面向讀者交待故事，只是旁敲側擊、隱晦暗喻向我們傳達人物的來歷。這位農民出身的青年科技人員，過去是從艱苦環境中奮鬥出來的：

我嫁過來的時候，人說鐵蛋他爹狀元的材料，揑鋤把的命。我不服，醃他一缸鹹菜，不沾葷腥，攢錢給他買書看。我懷上鐵蛋的時候，他考上了中專，我說你放心走吧，女人跟貓一樣，有九條命。鐵蛋會走道的時候，他畢了業，分到縣裏機電廠，當了技師啦。

林斤瀾的小說，比較晦澀難懂，這是值得爭議的問題。〈邪魔〉中的這位技術人員，爲什麼自殺？或是變成神經病的患者，必須通過讀者的猜想才能獲得答案。但他是一個受過政治迫害的人，卻是顯而易懂的事實。

林斤瀾對於風景的描寫，實在可圈可點。〈邪魔〉中的村莊景色，也象徵著人們對春天的期望。

春天快到來了，天快亮了，包圍著村莊的雜樹枝梢，影影綽綽地搖擺起來。說來就來，北國的春風，從那黑夜深沉的地方，忽然嗚嗚來到，飛砂走石，街旁新栽的小楊樹，禁不住彎腰到地。這裏那裏有窗戶磕碰，有什麼東西掉落地上，有什麼紙頭枯草在地上滾著走……

林斤瀾的〈十年十癔〉，每篇皆是佳作。若有人寫「文革史」，建議應讀他的這些短篇小說。

〈白兒〉一篇，寫一個農民出身的幹部，文革時期受到政治迫害，在山上看了一二十年山，最後用石塊為自己壘成墳墓。作者以冷靜的筆觸，寫出一部令人嘆息的愛情悲劇。

這個人過去人們叫他「看山佬」，現在人們叫他「老看山」。老看山看守了二十年山，「把個石頭山看成花果山、花園山」，但是如今卻無人再照顧或同情他，他過去是鬥地主的積極分子，流汗領頭辦合作社。大躍進時，他不謊報生產數字，給撤了職。便自報奮勇當了「看山佬」。文革時期，他被人們「扒下褲子，拿細鐵絲一頭拴住下身前邊，一頭拴在石頭塊上，就在細鐵絲上彈琴一般玩兒，把他彈死過去。死去活來，小便失禁。」從此「看山佬」兜上尿片子。天冷時，常常兜着冰砣子。這就是一位貧農出身作過社主任的下場。

平反以後，「看山佬」變成「老看山」，他一天到晚還是跟石頭相對無言。

> 他擺弄著石頭，想著：不惦記上我，惦記誰呀。是我領著老哥們分了老財的地，歡天喜地，含在嘴裏還沒化呢！是我領著「熬鷹」，整宿的開會，讓老哥們一個個把地吐出來，不吐口報名入社的不叫走人。是我哄著大家，「電燈電話，樓上樓下」，金光大道呀。沒想到餓起肚子來，眼睜睜的餓死人。我早就死老虎了，伺候石頭來了，那還得惦記著，

忘得了姓什麼也忘不了我呀！該！

「老看山」的這段獨白，讓我心酸流淚。這位當年隨著政策走的農民幹部，為什麼平反之後，還沒人照顧他，難道那些在臺上的幹部眞已忘了他麼？他過去曾愛過一個地主女兒白兒，在眾目睽睽下，他不敢多接近她，等他為了賺錢去煤礦工作回來，白兒已結了婚。「看山佬」當上社主任，更不敢去接近有夫之婦，但是等他犯了「錯誤」，卻加上一個「搞破鞋」罪名，鬥爭他。

作者以「鬧洞房」的幻想，重疊在被批鬥的往事之中。這種浪漫主義結合寫實主義的作法，值得喝采：

……跟你這麼說吧，就跟鬧洞房一樣。老哥們，小造反們，嚴嚴的擠了一洞，坐著的跟蒜瓣兒一樣，戳著的筷子籠裏一樣，拉來了電線，上上葫蘆大燈炮，絲絲作響，冒金星，放金線，點得著柴草。

「交代，老實交代。」

個個紅了臉，瞪了眼，支了耳朵楞子。鬧洞房少不了這一招，交代怎麼遇上、瞧上、好上、甜上、粘上、膩上……差一點也不依不饒啊！

「坦白從寬！」
「大帽子底下溜掉！」
「竹筒倒豆子！」
你說這都是鬥爭會上的詞兒？你想想吧，哪一句鬧洞房不照樣使，一模一樣，一點兒不錯。

林斤瀾以鬧洞房與鬥爭會相重合的藝術手法，來記錄「老看山」的血淚史，實在是高超的創作。鬧洞房是幻想、是充滿溫情的；而鬥爭會是事實、是嚴酷無情的，從這兩項的重合使我聯想起魯迅的詩稿：「夢裏依稀慈母淚，城頭變幻大王旗」，怎不讓人低徊不已呢？

林斤瀾在一九八四年以後發表的《矮凳橋風情》系列小說，文體一變，震驚文壇。他這些小說的最大特色則是具有浙江溫州方言。使用方言，表達地方思想感情才夠味，這是實在話。林斤瀾在《矮凳橋風情・後語》中說：

其中有些文字文體上的小事，倒固執了一下。有人勸我不要把家鄉土話搬上去，疙里疙瘩，別人也不好懂。我想若是疙瘩，是我把這團麵沒有揉勻，不是不應當揉進。土地土人的土話，有的是不可代替的。

林斤瀾的話，我非常同意。看《矮凳橋風情》，作者將縱的歷史，橫的社會現狀，如同蛛網一般結合一起，所以看起來有點吃力。設若海外的讀者對文革一片模糊，那你是難以理解他的系列小說的。

林斤瀾筆下矮凳橋風景，是變幻多姿的：

橋墩和橋面的石頭縫裏，長了綠蔭蔭的苔鮮。溪水到了橋下邊，也變了顏色，又像是綠，又像是藍。本地人看來，閃閃著鬼氣。本地有不少傳說，把這條不起眼的橋，蒙上了神祕的煙霧。不過，現在，廣闊的溪灘，坦蕩的溪水，正像壯健的夏天和溫柔的春天剛剛擁抱，又馬上要分離的時候，無處不蒸發著體溫。像霧不是霧，像烟雲，像光影，又都不是，只是一片朦朧。

從林斤瀾對這座橋的描寫，可見其藝術功力一斑。文字技巧具有中國化，但卻打破傳統的程式化寫法，這是創新的寫法。他的《矮凳橋風情》系列小說，也具有這種創新寫法的特色。〈溪鰻〉是用象徵手法，寫男女之間的性心理，非常清雅別緻。小說開始這樣寫的：

店主人是個女人家，有名有姓，街上卻只叫她個外號：溪鰻。……鄉鎮上，把一個女人家叫做溪鰻，不免把人朝水妖那邊靠攏。

不過，這是男人的說法。

作者描寫一個落拓的知識分子袁相舟，在結識那位性感女人溪鰻之後，意亂情迷，即使光天化日下也做起綺麗的夢。林斤瀾以象徵的筆法寫袁相舟的性心理：

袁相舟端著杯子，轉臉去看窗外，那汪汪溪水漾漾流過曬燙了的石頭灘，好像撫摸親人的熱身子。到了吊腳樓下邊，再過去一點，進了橋洞。在橋洞那裏不老實起來，撒點嬌，抱點怨，發點夢囈似的嗚嚕嗚嚕……

再如「鎮長訓詞」一段，也是呈現出性慾波瀾的形勢：

……別當我們不掌握情況，溪鰻那裏就是個白點。……溪鰻是什麼好人，來歷不明，沒爹沒娘，是溪灘上抱來的，白生生，光條條，和條鰻魚一樣。身上連塊布，連個記號也沒有，白生生，光條條，什麼好東西，來歷不明……

〈溪鰻〉這篇小說，曾受到不少評論家的議論。他的隱晦性的性描寫，實在讓人叫絕，即使男女的打情罵俏，也毫不落入俗套。如：

「為什麼白鰻多？它過年還是過節？」

「白鰻肚子脹了，到下邊去甩籽。」

鎮長把紅臉一扭：「肚子脹了？」兩眼不覺乜斜，「紅鰻呢？」

溪鰻扭身走開，咬牙說道：

「瘋狗拉痢，才是紅的。」

《矮凳橋風情》中的短篇小說〈愛〉，敍述年過半百、風韻猶存的李地與袁相舟之愛慾。其中的描寫也非常含蓄、熱烈：

三更半夜糊里糊塗，有一個什麼——說不清是什麼壓到身上，想叫，叫不出聲音。覺著滑溜溜在身上又扭又裊裊的，手腳也動不得，彷彿「裊」到自己身體裏去了，自己的身體也滑溜溜了，接著，軟癱熱化了。

林斤瀾的短篇小說佳作甚多，〈鄉音〉即是代表作。他敍述一個在勞改中度過十五年，又在原地就業十五年的知識分子，三十年後平反，這個倒楣半輩子的勞改犯，卻不發牢騷，也不愁眉苦臉，作者集中描寫他在老朋友的「退休宴」上當眾出醜，這眞是令人心驚膽顫地描寫：

……鏟得過多，嚥得過快，一顆米粒粘在氣管口上了，咳嗽起來。八寶飯裏是糯米做的，粘性大，一下子咳不出來。他卻又鏟一座小山，朝嘴裏塞。又是咳，又是塞，又是嚥，只管咳，只管嚥，只管嚥。咳得脖子往前拽，嚥得頸上杠起了青筋。……

試問這位曾受過寃獄苦情的知識分子，吃飯是如此狼狽，怎不令人鼻酸？這是林斤瀾匠心獨運、別出心裁的創作手法。

林斤瀾的作品有點「怪」，這是不少讀者的共同看法。因爲他交代的不甚清楚，有時還需要讀者推測，才能找出答案來。依我的看法，林斤瀾描寫的那些人物，通過十年文化大革命，在極不正常的環境中走過來，苟延殘喘保留一條性命已是幸運的事，他們又怎會不「怪」呢？林斤瀾的短篇小說〈絕句〉，開頭這樣寫的：

天下會忍受痛苦的人各有各的忍法：喝酒、下棋、釣魚……老陳新一樣也不會。他只會沉思默想，也可以說是想入非非。不過他久經痛苦，磨練出一手絕招，叫做鑽到二十個字裏去。他不把二十個字叫做五言絕句，因爲自己不是詩人。想得那麼「非非」，字數那麼「少少」。這在陳新是件很不容易的事，必須調動全部心力，忘卻一切苦惱。

雖然這段話語意不詳，到底是遇到痛苦，就作五言絕句；還是早已有了「二十個字」，一感覺痛苦，立刻「鑽到二十個字裏去」，從字面看來，兩者都有可能性。這就是林斤瀾作品「怪」的地方。但是這也是林斤瀾作品的特色吧。

林斤瀾是五十年代成名的小說家。他在過去四十年間，吃過苦頭，流過汗水，難免心中還積存了一些悶氣，這是可以理解的事。他的短篇小說集《草臺竹地．前言》有這樣的牢騷話：

五十、六十年代，我是青年作者，大會小會上和前輩作家坐在一起，大多支起耳朵聽前輩發言。輪到小字號說話，商談鬧論的少，謹小慎微者多。平日閒談，也是仰視前輩的足跡……

我磕磕碰碰走過四個年代了，按自然規律推到了前輩的位置上。也不免和今日的青年大會小會，卻是聽他們高談闊論的時候多。……青年說到熱鬧處，或互相墊話，或多邊爭執，或逗或捧。坐在一旁的前輩，大多冷落……平日，我，倒沒有仰視新星，但確實戴上老花眼鏡注視青年足跡，未敢懈怠。

林斤瀾的這番話，使我湧想起《矮凳橋風情》裏的潦倒知識分子袁相舟，他莫非就是林斤瀾的化身？

林斤瀾的這番話，說明八十年代大陸青年作家，飛揚跋扈，目空一切，他們跟活躍臺灣文壇的學院派青年；猶如一根籐上結的兩隻瓜——乾癟而苦澀的瓜！

十五、李銳《厚土》

李銳是一位紮根於農村而成功的小說家，他的《厚土》系列小說，可圈可點。不僅使用農民的純熟語言，而且暴露出現今仍存在的農村問題。他曾經說：「如果不是曾經在呂梁山荒遠偏僻的山溝裏生活過六年，如果不是一鍬一鋤的和那些默默無聞的山民們種了六年莊稼，我是無論如何也寫不出這些小說來的。」❶這是作家應該體驗生活的明證。

李銳的短篇小說不過五、六千字，非常簡鍊，他是以白描方法寫出的素樸的題材。文字巧妙風趣，毫不矯揉造作，而且是經過藝術加工的勤奮完成的。

〈鋤禾〉一開頭就引人入勝，你看：

褲襠裏眞熱！

褲襠不是褲襠，是地，窩在東山窪裏，澗河在這兒一拐就拐出個褲襠來。現在，全村

❶ 見李銳《厚土自語》的〈生命的報償〉。

老少都憋在這兒鋤玉茭。沒風，沒雲，只有紅愣愣的火盆當頭懸著。還有汗，順著脊樑溝一直流到屁股上。人受罪，可地是好地。……工夫長了，骨頭裏總還有些沒有榨乾的汗水要找個去處，男人們退上幾步，側側身，解開腰帶，一股焦黃的水泛著白沫，在兩腿之間唰唰地射進土裏。聽見響聲，婆姨們不用迴避，只要不擡頭。鋤板在堅實的土塊上碰出些悶重的響聲，汗珠落下來，在黃土上洇出個小小的圓印兒，接著，又被鋤板翻起來的新土蓋住。

李銳寫的《厚土》系列小說，大概在六十年代末期，青年學生插隊落戶時的見聞。〈鋤禾〉中，農民撒尿是這麼大方，但是小青年在勞動中想撒尿，卻是這種惶恐緊張的情形。作者描寫得實在維妙維肖，傳神生動：

學生娃慌張地解開扣子，仄身在石碑前，一邊又扭頭朝背後慌慌地打量著，熱辣辣的水噴湧而出，被焦黃的液體打濕了的墓碑上顯出一行字跡來：

大清乾隆陸拾歲次己卯柒月吉日立

陽光下深深的刻痕，彷彿是剛剛鑿出來的。

沒風，沒雲，紅楞楞的火盆一眨眼就把字跡烤沒了。

李銳在這篇〈鋤禾〉中出現的一個潑辣、風騷的女人紅布衫，大概和隊長「豹子」有一腿，不然為什麼她敢在羣眾面前罵他「早晚叫你驢下的爛了嘴！」那隊長也眞缺德，轉過身去解開腰帶，給紅布衫一個措手不及，她「猛擡頭，冷了地看見黑糊糊的一團在眼前一閃，忙不迭地低下頭去，口中千祖宗萬祖宗地咒起來。」這也許是農村的一場鬧劇吧。

李銳的〈古老峪〉也是知識青年下鄉的見聞。他描寫的夜晚的鄉村景緻與氛圍，實在生動：

從酸菜缸裏溢出來的那股刺鼻的酸臭味兒，一縷一縷地朝鼻孔裏鑽。頭頂前，離炕沿三尺遠，橫擔著一根被雞屎染花了的樹棍，樹棍上雞們照著祖先的模樣在睡覺，蜷縮著身子，羽毛蓬鬆起來，尖尖的嘴插在羽翼中，也許是有悠遠古老的夢闖了進來，它們時不時呻吟似的嘰嘰咕咕地發著夢囈。灶炕邊那隻小豬睡得太深沉，常常就舒服得哼出聲來。

這個下鄉青年是奉派到古老峪待三天，唸上級文件，再選個先進人物報上去。他住在農民家裏，家裏只有父女倆，女孩十八九還沒出嫁，是一個質樸而可愛的大閨女。在北方農村睡大炕，小伙子硬是睡不習慣。

回到土窰裏，當炕頭上的灶火呼呼地竄起來的時候，她微笑著問他：

「能住慣不？」

「能。」

她抿嘴忍住笑：「能住慣昨夜裏那是咋啦？」

他臉又紅了，答不上來。

猛地，她將一隻手掌反轉來堵到嘴上，兩腮間升起一片桃紅。

李銳的小說如詩如畫，用字不多，卻把臨場的一顰一笑，栩栩如生展現讀者眼前。當這個知識青年走了，他和那個姑娘在山路相遇，簡單的對話，顯現出少女心底的隱祕感情：

「你走呀？」

「嗯。」

「不來了吧？」

「嗯。」

「你走晚了，得趕夜道。」

「不怕，有手電。」

「我回呀。」

說著，她把水桶擔了起來。

「你還是當了先進吧！」

他幾乎是搶著在說。

「我不。」

「當吧，這次當了先進能到縣裏開三天會！」

「眞個？」

「嗯。」

「你也去？」

「嗯。」他說謊了，特別想說。

「我當！我還沒去過縣上哩。」

她挪挪扁擔，滿足地微笑起來：

「我回呀。」

隨著步子，扁擔鈎在水桶的樑撐上發出吱吱的尖響。

李銳的《厚土》系列小說中的女人，如同螻蟻、牲口，任意被男人玩弄、虐待，這種落後的現象，讓人感到非常難過。婦女解放的口號喊了數十年，爲什麼到了七十年代，呂梁山還有出賣肉體的行爲？〈眼石〉小說敍述車把式借了八十元孩子住院費，他可以毫不客氣地佔有拉鬧人的妻子。這位妻子默默承受，還受到丈夫的毒打。因而在崎嶇山路上幾乎發生墜崖悲劇。最後，拉鬧人同樣和車把式妻子睡了一覺，心滿意足，再把八十元還給對方。這眞是讓人觸目驚心的鄉野奇聞。

更讓人心痛的是〈假婚〉裏的那位從陝北賀家梁來的女人，領著一個三、四歲的女孩，出外討飯。隊長把她介紹給一個老光棍兒。

把隊長送出院門外的時候，隊長又湊在耳朵邊補充著：

「……今黑夜好好解解渴吧，可不敢太狠了，往後日子長哩。嘿嘿，那貨渾身肉肉的，保你錯不了……」

那火氣猛然撞上來：

「狗日的，保險過了一水！」

老光棍兒娶到這個女人，既然懷疑被隊長「過了一水」，當然不太高興。看在對方的「兩隻肥奶」的分上，抱著撈本的心情，努力發洩「那股在腔膛裏憋漲了二十年的洪水」，瘋狂地渡過三個夜晚以後，老光棍兒這才採取報復手段：

這一天，吃過早飯，他等那女人收拾停當之後，從懷裏掏出十塊錢來：

「給。」

女人愣愣地不接。

「嫌少？再給十塊！」

女人還是愣著。

「你不用哄我。你有家，你有男人，他沒死，你還有娃娃，他們在家等著你哩！」

「沒……沒……」女人惶恐地擺著頭。

「哄你的鬼吧！」他發起火來，「你在我這兒住上三個月、五個月，住上一年半年，瞅個空兒一走，還不是撂下我一個人？我圖啥？圖個白白養活你娘倆一場？走，要走就快走！我五尺高的男人不能叫人當大頭耍！」

有淚從那個女人的臉上淌下來。

……可男人的心腸到底還是叫女人的眼淚泡軟了：

「要留你就留，想走你就走，我又不管你……」

女人直通通地當屋給他跪下：

「他大哥，我和娃他爸都忘不了你……」

李銳的〈合墳〉寫一個女知青當年爲保衛大寨田，葬身洪濤之中。如今墳墓已長滿蔓草。石碑上正面刻有「知青楷模、呂梁英烈」，背面刻著她的名字、來歷以及殉難事蹟。十四年彈指一揮間，縣委書記換了不知多少任，誰也不再記得這個少女了。只有退休的老支書，爲了她在陰間寂寞，爲她「配乾喪」，這是呂梁山區的充滿迷信色彩的習俗。作者並不批評此事，只是頗有人情味的記敍這件事。

揭開那朽了的棺材板，屍骨白森森地露出來。原來屍骨旁，還有她平常用的那本《毛主席語錄》，「書爛了，皮皮還是好好的。」這倒是作者的神來之筆。

〈看山〉寫個孤獨老人，爲隊上放牛，每天在山上，吸著旱煙袋，凝望山腳下的村莊。有一天，隊長找他商量，叫他換一個輕鬆工作。這位老人不服老，心裏極不痛快，他和山有了不可割捨的感情。

作者用象徵主義的手法，寫出老人和牛的對話，實在精彩：

恍惚之中，他（指老人）看見自己回到了村西頭那間冷清的石房裏，石房裏忽然熱鬧起來，牛們不離左右地簇擁著，口口聲聲叫他隊長，他坐在炕頭上頤指氣使地分派著：牤牛你去泉上擔水，黑眼窩給我燒湯做飯，長耳朵和獨角去拉土墊圈。它們都是只會服從，只會笑，沒有誰不聽話的，他很滿意，朗聲問道：

「我老麼？」

「不老。不老。」

牛們都說，都笑。

讀李銳的《厚土》系列小說，感慨不已。中國是一個農業國家，幾千年來，廣大農民把自己汗水種植的糧食，供給公家；將親手撫養成人的青年壯丁，供給公家，不管去革命也好、打天下也好，他們永遠耐心地等候有一日能過起好日子。卽使到了現在，呂梁山區的農民，「他們手裏握著的鐮刀，新石器時代就已經有了基本的形狀；他們打場用的連枷，春秋時代就已定型；他們鏟土用的方鍬，在鐵器時代就已流行；他們播種用的耬是西漢人趙過發明的；他們開耕壠上的情形和漢代畫像石上的牛耕圖一模一樣。」❷幾十世紀以來，世界已發生巨大的變化，而咱們呂梁山區的農民，依然使用著幾十世紀以前的生產工具，在乾旱貧瘠的黃土高原勞動。甚至現在，還有不少像「豹子隊長」那樣的農村幹部，掏出褲襠的東西來當眾調戲婦女；還有買賣婦女的、假

❷ 同❶。

結婚的、娶陰親「合墳」的；還有不少農民「不知有漢，無論魏晉」，一直過著昏昏噩噩的封閉生活。這是值得矚目的農村問題。

十六、李國文〈孤獨〉

李國文的《沒意思的故事》系列短篇小說，雖然沒有看完，但覺很有意思。他以擺事實的方法，用簡潔的文字，指出當前中國人的毛病。雖然作者無法也難以爲同胞治病，可是他指出毛病在哪裏？這已是作家的功績，至少咱們炎黃子孫包括海外華僑看了小說，都會發生警惕作用。

看了〈孤獨〉，我起初臉孔發燙，接著流下眼淚。作者寫的那個碎嘴子老爸，豈不就是諷刺我麼？請看：

小時候，媽媽總愛領她去逛公園，划船。……她爸一般都不大願意去。強拗了他去，也玩得別別扭扭、大家掃興……她爸一輩子做人謹慎，還那樣規行矩步，弄得他人也隨著拘拘束束的，還有什麼勁？隨手扔掉糖紙果皮，你嫌不講文明衛生，撿起來得了，用不著一個勁地教誨。誰爬到山高處，累了，滿頭汗，迎著涼爽的山風，敞開胸襟，她爸又會循循善誘地告誡：「小心感冒著涼！」

沒意思，眞的。幹麼管那麼多事？當老師的職業病？

作者藉著一條觀音巷的同胞，說明中國人的嘴巴，不僅愛講別人閒話，散播別人隱私，而且還常以幸災樂禍心情，加油添醋造謠生事。這種缺點，西方國家人民比較少，東方國家人民較多，雖然無法統計，恐怕以中國人最多。這將是無可諱言的事實。

這位曾經住在觀音巷的女教師，當年她父母住在巷子裏，從結婚到離婚，都是被鄰居和同事的嘴巴促成的。年輕時，全校只有她父親未婚，雖然年齡大些，可是他「老實」，「是個絕對的好人」，當時她媽在眾人慫恿下，錯把「同情憐憫」，當作了愛，於是結婚。但後來終於離婚。

母親作中學教師，時常聽到父親囉嗦著她：

「你最好不要穿裙子！」

「你是教師，學生的榜樣！」

「你千萬別總是面露笑容，要莊重些！」

「求求你，這件緊身衫外面再加件罩褂吧！」

「請你講課時一定按教學大綱，不要離題。李清照的詞當然是千古絕唱，可也有消極因素！」

「你幹嘛跟校黨支部爭用油印機，哎哎！」

等到她——徐芬師範學院畢業，來到這所中學，沒想到出來一位未婚的體育教員。這時愛管閒事的勸說她爸，「再合適沒有！」她爸以為那人「老實」，也贊成。徐芬寧肯搬出去，也不聽這些閒話。但是，她不聽也不行，咱們中國人的嘴巴厲害著哪！「什麼老處女啦！苦戀啦！跳湖自殺未遂啦！精神受到刺激啦！想嫁給體育教員不成，害了單相思啦！」

其實，徐芬的父母當年離婚，也是中國人的嘴巴造成的。因為她和那位剛離婚的音樂教員，在教室用鋼琴伴奏合唱了一支「秋水伊人」，於是同事們便以「道德敗壞，思想墮落」告了密。最後，徐芬的母親像她今天一樣，離開觀音巷，出外去尋找一塊「淨土」，但茫茫的中國大地，到處皆是炎黃子孫，哪兒有淨土呢？

〈春遊〉也是《沒意思的故事》之一。作者描寫一個處的同事，早已計畫在春季舉行遠足，但是處長因肝病住醫院，三位科長唯恐強出頭，都畏縮起來。拖來拖去，若不是年輕漂亮的打字員蕭林提起此事，大家幾乎忘了。蕭林一句「眞他媽的，」實在罵得過癮。是嘛，已經六月分了，才計畫「春遊」，這怎不是中國人辦事精神？

為了籌備「春遊」，這個「技術設備處」開會討論。咱們同胞向來是「會而不議，議而不決。」有人提議遊北海，又近又省事；有人想去頤和園，但有人認為玉蘭都開過了，不如去潭拓寺……接著，有人要去白雲觀、大觀園，還有人提議到延慶或是房山，那兒新發現了一個大溶洞；但是年長者想帶孫子逛動物園，再加上一頓俄式大餐，這才關心婦女兒童利益。

他們討論了一上午。到了下午，繼續討論。下班鈴聲響了，什麼也沒決定，卻一哄而散。

蕭林氣得想罵人。她賭氣遊了北戴河、秦皇島、雁塞湖，還到了山海關的老龍頭。而處裏的「春遊」仍在研擬中間，但怎樣去遊，還有待商量出「一個統一方案」再說。這眞是一個「有意思故事」。

〈春遊〉的結尾，値得我們去深思。

> 居老總還在住院，已確診爲肝硬變。不知爲什麼，在技術設備處，隱隱地有兩種看法，似乎驅趕不走地盤桓在人們腦子裏：一種覺得他死好，一種覺得他最好還是別死。

我們認爲還是讓居老總活下去，憑他的熟練的業務經驗，有魄力的領導能力，將會把這個「技術設備處」辦好；問題是他應該具有青春的活力與朝氣，如果像蕭林一樣果斷、爽快、不拖延、不和稀泥，這個處的全處人馬何必去「春遊」，他們就置身在春天景色中。

李國文的〈春遊〉，它的主題是諷刺咱們中國人在數千年封建禮教束縛下，假道學成爲文化現象之一。用作者的通俗化解釋，「在中國，很有些喜歡扯淡的人。」

一位年紀不到三十的女畫家，長得漂亮，離過婚。由於她畫了裸體畫，「沿河公園噴水池那光屁股女人塑像，就是她的傑作」，因此許多衛道者把她看作「妖精」。

退休的張亭之去遊春，偶遇女畫家安曼同行。車到渡口，張亭之下車，那個安曼站在他身旁。迎接的兩位廳長見了直搖頭，好像身旁安曼像一個妓女一樣。

張亭之當然要問，可她怎麼啦？

住羊鬍子大街的正廳長，繼續莫測高深地搖頭，沒法說，沒法說啊！住貓鬍子大街的副廳長爲什麼副，從這一點便可知道他略遜一籌的原因，在於他還多少口吐眞言。張總啊張總，還問哩？全省城誰不聞名，不到三十歲，離兩次婚！說這話時，義形於色，字正腔圓。

作者描寫這位年已六十的退休幹部張亭之，在水庫游泳，更引起兩位假道學的不滿。他們認爲安曼穿比基尼泳裝，是個妖精，「她還向你猛撲過去，天哪……太不莊重了，張總！」張亭之終於向他們辯釋，「我正仰天躺在水中，她碰翻了我，嗆了口水，自然要抓住什麼，這是人的自衛本能。」

那位水庫的所長告訴安曼，水庫的設計者、漂亮的提壩建成者，就是這位離休的張亭之。於是，安曼歡呼了一聲，撲了過來，要同他握手，「於是出現了那令衛道者沮喪的鏡頭」。

後來，張亭之收到安曼的個人畫展請柬。去麼？還是不去？他猶豫起來。他倒底去沒去，誰也不知道。

李國文用這種日常的普遍現象，指出了中國人的毛病，有文化建設上非常重要。它比標語、口號更能發揮教育的效果。

十七、喬良〈靈旗〉

〈靈旗〉是一首悲劇的史詩，它以湘江岸的洪毛嵜村作背景，寫出生活在這兒的人物的愛與憎，歡樂與哀愁，半世紀的悲歡歲月，猶如湘江水流淌過去。作者通過青果老爹的回想與記憶，展現出杜九翠、廖百鈞、黑廷貴、二拐子等人從生到死的紀錄，他們幾乎都和戰爭有關；戰爭是殘酷悲涼的，因而他們也無法擺脫悲劇的命運。

喬良也是一個詩人，他以詩的精鍊語言寫出中篇小說〈靈旗〉，確有震撼人心的力量。這篇小說從杜九翠老太太的死，讓洪毛嵜村青果老爹回憶起這個活了七十來年的九翠的一生滄桑。作者寫得實在如詩如畫，精彩動人：

在一片紫雲英撩人的緋霧中，他看見一個白白淨淨、細眉細眼的姑娘從東走來，向西走去。他看著她肩上那兩根乾巴巴的小羊角辮一下變成兩股又粗又長又黑又亮蒜辮似的大辮子又一下變成盤在頭上的髮髻。她先是在田埂上一跳一跳地走。接著搛一隻竹筐挺起波濤洶湧的胸脯在水塘邊輕盈地走。又腆起肚子像母鴨一樣在天井邊笨重地走。最後她回過臉來，露出一口掉光了齒的牙床，朝青果老爹淒然一笑。

杜九翠的少女時代，是一朵雲，「說話輕，走路輕，吃一段甘蔗也輕輕咂味，輕輕吐渣，看了讓人心疼」，「她對誰開口都慢悠悠、甜絲絲的，像這兒的米酒。回甜。有後勁。上頭上得厲害。」這麼一個俊俏美麗的姑娘，讓年輕小伙子踮起腳也摸不到的，卻被狠心的鴉片鬼父親賣給廖百鈞做偏房，而且是第四房。廖百鈞作過民國大隊長，也許殺人過多，結果被人謀害，拋下了懷孕的杜九翠。這位四分之一的寡婦，卻沒分到四分之一的財產，只分到三間瓦棱上長草的瓦房和九畝半瘦水田。可是杜九翠因此倒霉一輩子，「土改時為九翠掙到一頂小地主帽子。剝削者。吸血蟲。三十年低眉下眼地過日子。」

年輕時候，杜九翠也愛過一個漢子，但她卻守寡五十載，沒嫁給他，這個祕密誰也不知道。甚至連青果老爹也摸不透什麼原因。

> 那漢子從身後抱住九翠就親。親她的頭髮。親她的脖子。九翠像石頭，動也不動。他又從她衣擺下面伸進手去，往上，摸她的奶。她動了一下，把他的手拽出來。

那漢子在九翠沒嫁給廖百鈞以前便追求她，後來他懷著絕望的心情，去賭錢，賭光了參加紅軍，後來又跑回來找她。九翠原是愛他的，但她最怕他身上的「血味」，只要他一靠近她，她就「腥得叫人打抖」。他倆爲此吵過嘴，她說，「我不能和身上有他的血腥氣的另一個男人睡在一張床上」。這話說得明白，凡是當過兵的殺過人的，不管他是民國還是紅軍，九翠都嫌血腥味，這是多麼驚人的話！那場「湘江戰役」把九翠嚇慘了！她的反戰思想是值得深思的！

他們走過去了。隱進夜色蒼茫的越城嶺羣峯。他們在腳山鋪留下兩千條好漢的屍首。在光華鋪留下五百。在新圩，留下整整三千！橫的。豎的。站的。躺的。跪著的。趴著的。睜眼的。張嘴的。沒有腦袋的。沒有身子的。與敵人抱成一團的。刺刀和刺刀同時插進對方胸膛的。嘴裏銜著一隻耳朵的。手裏握著塗滿白慘慘腦漿的槍托的。腸子像一條條繃帶掛在馬尾松枝上的。這就是湘江戰役。

這還不是全部。

作者喬良在這篇小說中，用大量的筆墨來突出「湘江戰役」的悲壯，也記敍了無數殘殺、凶殺、活埋、仇殺以及鬧鬼的傳說。它彷彿提醒讀者，在戰亂歲月，人如同螻蟻似的不值錢，一下子死傷千兒八百，那是家常便飯。但是，作者又用大量的筆墨來描寫杜九翠分娩的痛苦掙扎，她在雨夜中被那漢子抱起來，風在頭上吼，雨在身上抽，好不容易跑了很遠的路，才摸進收生婆廂子麼姑的門。那漢子見過不少殺人、死人的鏡頭，但也在那夜目睹九翠生產的鏡頭。生是如此辛苦、艱難，何以殺人者把人命當螻蟻呢？這豈不是最大的諷刺麼！

> 他看清了九翠和她叉得很開的雙腿。在那兩條顫慄不止的山脈匯攏處，生命之門正膨然脹開。一砣血乎乎黑糊糊的東西無力又頑強要從那裏擠出來，向這個充滿清新空氣也充滿污泥穢水的世界衝鋒。像顆黑太陽，一步步走出愁雲慘霧。它的四週有無數紅霞湧濺。這就是生命。這時那顆眞正的太陽也在從霧後儀表堂堂地往出走。一邊走，一邊俯視著九翠冷汗浸透的頭髮和順著冷汗流盡了血色的臉孔。那婆子早等得不耐煩，不顧九翠突如其來的一陣猛嚎，下死力把那剛剛露頭的小東西揪了出來。從此那小腦殼上有了終生不去的印記：五個深深的指坑。天庭上一個，腦勺上四個。長大後也沒人叫他的名字，都叫他五指。那漢子從麻子麼姑手裏搶過嬰兒就看。是男孩。小鷄子紅樸樸的。他急於知道這孩子像哪個，結果很失望。孩子還太小。眼都睜不開。額頭上全是皺子，像小老頭。還像耗子。除此之外，誰都不像。

杜九翠一輩子低三下四，擡不起頭來。唯一值得安慰的，死後趕上改革開放，准許按照五十年前的傳統出殯。這時他的兒子已五十開外。九翠不但沒有和四分之一的丈夫合墓，「她讓把自已葬得離娘近一些，離爹遠一些。她說她到陰間去也不要見爹。她怕他在那裏再賣她一回。」這是她的遺囑。

喬良的這篇小說〈靈旗〉，反戰思想非常濃重，這是新時期軍事小說的一大突破，這是過去從來不敢寫的思想意識。全篇小說的重要人物是杜九翠，她愛那漢子，卻守了五十多年寡，一直到死沒和那漢子結婚。那漢子為了洗淨身上的血腥味，時常在塘裏洗澡，還要用漂石在身上搓，搓出一條條的血道，為的是除掉血腥氣息。讓九翠聞不出來，答應和他結婚。但是，他們倆始終沒有結合在一起。小說的結尾，作者有意加深讀者的印象，這樣寫著：

他猛地聞到一股腥氣。味兒衝得像狗血。這才想起好些天沒洗澡了。從九翠死後就沒洗過。今天他該去洗一次。跳進塘裏去洗。還要用漂石在身上搓。搓出血道來。渾身都是血道。再用手捧起水來淋。從頭淋到腳，從腳淋到頭。然後用鼻子在身上嗅，上上下下地嗅。

他知道那股味永遠也洗不掉。

喬良的〈靈旗〉是一篇優美的作品，它告訴我們：無論是白軍還是紅軍，是善人還是醜人，早已長眠地下，一躺就是幾十年，幾百年，甚至幾千年；看到中國人民吃糠咽菜、挨整挨鬥的苦情上，今後還是少動刀槍干戈吧！

十八、李芳苓〈喜喪〉

我國人的傳統迷信風俗，根深蒂固。大陸對外開放以來，在廣州、上海、武漢，甚至北京街頭巷尾、車站、鬧市，到處可見算命攤；成都有「算命一條街」；瀋陽出現「算命幫」；湖南某縣人民爲爭「龍脈寶地」，一九八七年以來引起械鬥一百六十七起，傷亡一百四十餘人。這些令人眼花撩亂的新聞，使我撲朔迷離，感慨萬端。看起來若想「破除迷信」，恐怕還得一個世紀以上。

在我國農村，目前仍有一種風俗，年紀活到八十以上的過世，稱爲「喜喪」，沒有什麼可悲哀的。所以一般都要雇幾個吹鼓手吹吹打打，慶賀一番。這倒是很有人情味的習俗。目前在臺灣、南洋等地華人印製喪帖，凡八十以上老人過世，皆印紅色。這也是表示「喜喪」。

李芳苓的短篇小說〈喜喪〉，發表在《山東文學》一九八七年第四期。它揭開了「喜喪」內部的虛僞的面紗，讓讀者獲得啟發，長輩死了，兒孫哭泣、講排場大半是假的，沒有必要鋪張浪費。這是一篇良好的社會風俗指導教材。

玉面老太活到八十八歲，見了閻王，她是有福氣的喜劇人物。她年輕時更具喜感。作者創造這個角色是費了一番藝術匠心的。

想當年，她男人娶她時，挑開蒙頭巾一看，一臉脂粉抹不平的麻子，新婚之夜就躲出去了。她難過得直流眼淚。直到半夜時分才有人把她男人押送回來，推進屋，鎖上門。她一把抱住男人的胳臂，抽泣著說：「你別嫌俺。俺這是玉面，滿臉珠玉，有福！」這話被屋外的人聽見，傳揚開去，她便得了個「玉面」的美名。

這位「有福」的玉面老太，說起來也算幸福。她十八歲結婚，十九得子，生下三兒兩女，到了八十八歲，她已活到「四世同堂」。她因爲長得不怎麼好，對於漂亮女人格外嫉妒。在她的心目中，漂亮女人就是妖孽。少婦時代，她有過狠鬥漂亮閨女的驚人紀錄：

男人似乎不注重「福」，而注重「貌」，常跟鄰家一個俊嫚擠眉弄眼。有一次摟在玉米地裏被她抓住，她氣極了！恨極了！上去就狠狠地從俊嫚的桃腮上掐下一塊肉，給俊嫚臉上留下一塊月牙疤。後來一得空閒就指鷄罵狗地罵，直罵得那俊嫚遠嫁他鄉。

玉面老太臨終前夕，她的兒孫都不願走進她的臥室，唯一關心她的卻是曾孫輩的喜雲。這女孩年已十九，打扮俊俏，長得尤其漂亮。老太婆並不疼她，認為她也屬於妖孽一類。街坊鄰居都誇獎喜雲，「身段似柳臉似霞，眉眼俊得像朵花。男人饞得流口水，醜女恨得瞎磨牙。」這話傳到玉面老太耳朵裏，愈加對喜雲討厭。如今喜雲這麼關心玉面老太的病況，實在令人納悶，她是巴望玉面老太趕快痊癒呢？還是巴望玉面老太早日歸天？

原來春上鄰居鄭家爺爺過世，終年八十，也屬喜喪。請來了一班子吹鼓手，吹吹打打，熱鬧非凡。鄭家出嫁的女兒表示孝心，還出錢請鼓樂班在靈前唱戲。那日喜雲去聽戲。忽聽一聲叫板：「兒呀——！」高亢清爽，聲如洪鐘。喜雲尋聲注目，見是一位青年，「圓盤臉，大眼睛，左眉結處有顆黑痣，顯得虎氣生生。短髮厚密黑亮，粗壯得棵棵直豎。」這個情竇初開的喜雲，從此迷上了那個鼓樂班的小伙子。等到出殯之前「謝莊」，挨門挨戶叩謝，吹大喇叭的竟也是這個青年，怎不讓喜雲心花怒放？

作者寫的吹奏喇叭實在精彩：

他脫去外衣，把白襯衫掖進褲帶裏，兩手一前一後地叉開，把大喇叭舉向半空。「嗚哇——嗚哇——」地吹起來。那聲音又響又咽，又粗又渾，而且還隨著他用力技巧的變換，描繪出許多深遠的意境：有時像一頭知宰的老牛，發出委屈、絕望的吼叫；有時像一個荒郊的棄嬰，發出氣息欲斷的嗚咽；有時像一隻離羣的羔羊，發出饑寒難耐的哀啼；有時像一隊敗陣的將士，發出最後拚搏的呼喊……抑抑揚揚，悲哉壯哉！

喜雲既然中意這位鼓樂隊青年，所以等玉面老太一咽氣，她馬上表示請吹鼓手來熱鬧一番。誰知喜雲出錢請來了吹鼓手，來的是四個老頭兒，而那英俊的小伙子卻沒來。喜雲愈想愈氣，逼著虎爺爺再添兩名青年吹鼓手，但是時間倉促，又是出殯時刻，他上哪兒去雇呢？因而喜雲氣得直哭，越想越委屈，越傷心，結果哭得最厲害。看殯人紛紛議論：「玉面老太後代成羣，可真心疼她的，只有一個曾孫女！」

李芳苓的〈喜喪〉小說，揭露農村迷信習俗的背後，隱藏著虛僞的不健康的心理。送殯的人多抱著欣賞悲喜劇的興致，去看誰是眞哭，誰是假哭，他們通過長期觀察，總結出一個普遍性規律：「兒子哭一聲，驚天動地；閨女哭一聲，眞情實意；兒媳哭一聲，虛裏虛氣；女婿哭一聲，驢駒子放屁！」出殯時，村裏男女老少，前呼後擁，還有女人大聲叫道：「走哇，看驢駒子放屁去呀！」如果舉辦喪事發生如此荒唐可笑的效果，那麼我國的喪事眞是應當改革了！

這篇小說創作的喜雲這個農村閨女，非常成功。她坦率、熱情、敢愛、敢說，是一個有勇氣的女青年。喜雲初次和對方見面講話，竟能說出「這麼一個棒小伙子，幹這封建迷信的營生！」等對方願意教她吹哨吶，喜雲迅捷地答應：「好，拜你爲師。」這又是多麼得體啊！

作者對於這個標致大方的喜雲的心理描寫，也很細膩：

她想，老奶奶一旦壽終，鼓樂班定是要雇請的。那時就能和小吹鼓手見面了。豈止見面，還有許多活動可做。她幻想，她頂替蒳姑奶奶、蘭姑奶奶，大大方方地跪在靈前，不眨眼地盯著小吹鼓手唱。她還想，送錢點戲的時候，要是小吹鼓手伸手來接，她就要乘機摸他一把，看看他的手是否還那麼溫熱，那麼有力。甚至乾脆寫上封信，挾在紙包裏，告訴他，她很想他……

〈喜喪〉這樣類似的情況，不僅在中國農村存在，目前在臺灣、南洋等地華人社會中，依舊屢見不鮮。

十九、朱春雨〈陪樂〉

這是一篇回憶文革時期的傷痕文學作品，男主角懂得打麻將，竟然被造反派頭頭派去當「陪牌員」、「教練」，後來由於惹惱了一名「革委會主任」，又派押回山林中擡木頭，繼續進行勞動改造，說起來這實在是荒唐可笑的事。

朱春雨是一位滿族作家，他的〈陪樂〉短篇小說刊自《中國作家》一九八七年第三期。小說寫一個坐在船上的人，艙內悶熱難受，聽得隔壁傳來嚓啦啦、嚓啦響聲，那聲音平穩的、舒緩的而又是無節奏的，這聲音使他聯想起打麻將牌，於是文革時期的惡夢，栩栩如生展開眼前……

作者通過親身體驗，才寫出如此眞實的生活寫照：

四個人或六個人或八個人一副杠，這是擡木頭這項生產活動的最基本的勞動力單元。長白山密林裏的木頭……輕則四五百斤，重則過噸。有專門的工具：把門兒、卡鈎、横杠、小杠、挖杠、棕套……有專門的操作章法：哈腰掛，躬腰起，挺胸收腹，步步踏實。而且一副杠上的合作者要協同動作，左右對稱行進，全聽領杠人的號子……

作者在小說中指出：一個面色非常凶狠，攥起拳頭渾身起鼓色，胳臂有海碗粗的勞動者，有時比白面書生還善良，且富於人情味。此人由於扛木頭閃了腰，領杠人同情他，不叫他幹活兒，只請他給工人「講故事」。等「專案組」打電話詢問此人改造情況，領杠人說他積極地擡木頭，腰扭了都不下火線。但是好景不常，有一天通知他去專案組報到。他報到時，卻不見人影。等了半晌，才發現間壁上有個緊閉的門，走出來專案組副組長，「他的褲帶顯然還沒束好」，匆促地給他開了個條子，叫他先吃飯再說。條子上「十個字至少有八個錯別字」。他走回間壁那道門，傳出一個女人叫罵聲：「是誰？這麼缺德！」這就是紅衛兵造反派的腐爛生活。

此人爲什麼是麻將專家？原來是祖傳世家。作者這樣介紹陳年舊事：

我見識過麻將的大賭，我的祖父就設過牌局，他不賭，他抽局紅；他父親也就是我的曾祖，賭一輩子手順，逢「莊」都是「滿貫」，向來如此。別人說我祖上曾有過的家業都是他賭來的，這話不可全信，不可不信。又說後來的敗落是因爲祖父吸鴉片，賭場上來的煙館裏去。我記事的時候只見過易爲他姓的老屋一次，那門樓頗考究，大漆塗得光可鑒人的門扇，臺階下有一對雌雄戲視的石獅。花瓦托在樓角疊起的杉木飛檐上，搭眼就看得出這家準是地主。恰恰我家成分並非地主，祖父煙槍裏剩下來的，又被父親的酒壺流光了，到頭來要賃一間土屋棲身。土改時一查動產不動產，鬧了個貧農。賴於政策，我也就戴上了貧下中農子弟的桂冠了。

作者這段文字明顯地對階級成分的劃分，進行批評。試問他的曾祖父是賭棍、祖父是鴉片煙鬼，而父親又終日酗酒，偌大的家產踢騰精光，最後變成了貧農成分，這豈不走了狗屎運？這種階級成分決定論，怎能說是公平合理？

作者的小說題目〈陪樂〉，非常逗趣。其實此人陪人家熬夜打麻將，不但不「樂」，而且難受。每天晚上，他躲在牆角，坐在三條腿的椺子上。教了兩個月麻將，從此一直呆在牆角，作「看牌員」。他偶而作牌局糾紛的裁判，但是不能秉公處理，得罪了任何一個人，特別像「革委會主任」，他一定受到嚴厲的制裁。

有天晚上，我又上臺了。打過一圈，我「作莊頭」，不知是一時心血來潮，還是革委會主任說我「沒勁」的慫恿，我成心做一副大牌亮亮本事。這會兒，我見革委會主任直拍腿，他大概是有了「聽」，我知道他是要「萬」，我本來做「條」的牌，摸上來個「伍萬」硬是握在手中。……我拆牌，丟出一張八條。唰地一聲，工代會主任推牌了。……媽的！革委會主任登時火了。等到他伸手把我的牌碼開，見其中偏有他「單吊」的伍萬，頓時，拍案而起，你，你，你小子安的什麼心，你?!

此人當夜就被押上山去扛木頭。他原以爲脫離苦海，回山上過自由生活。誰知原來的工頭，已被趕走，罪名是包庇勞改犯，讓他不幹活，講故事；而揭發的人都懷疑是這個「痲將專家」，這眞是天大的寃枉。從此，他過起無邊的痛苦生活，他被「宰割成一個個長方形，一共一百三十六塊，嚓啦啦嚓啦啦互相撞擊中，被丟來丟去……」

作者以「嚓啦啦嚓啦啦」的痲將聲，來勾起他往事的回憶；同時也以這種聲音，作爲他在長白山做苦工受到凌辱與迫害的背景音響，這是一種空前的創作，這猶如電影的背景聲效，加強了觀眾心靈的共鳴：

我像是撞在堅硬的牆上，牆上沒有門。嘴裏又出現了腥氣，右邊的上牙掉下來，一直掉進肚子裏，咚地沉了一下，而後，肚子裏也嚓啦啦嚓啦啦作響起來，像搓麻將牌。……定定神兒，知道原本沒有牆在，是他揍了我。……我又碎成一百三十六張麻將牌，兩顆掉下來的牙恰是兩顆滑溜溜的骰子。嚓啦啦，嚓啦啦，響個沒完。

作者在〈陪樂〉中告訴讀者：文革的惡夢醒來時，這個人卻最忌諱聽快板書，害怕聽那小板兒的呱噠聲音；在建築工地怕聽到篩沙石子兒聲音；害怕聽見嘩啦啦嘩啦啦洗筷子聲音，因而他吃飯用叉勺代替。這是麻將牌聲的回響。

二十、阿成〈運氣〉

八十年代的大陸小說，在青年小說家中間，出現不少優秀的人才，王阿成就是其中的一位。這位哈爾濱的小說家，在新時期西風頗盛的時節，也寫過意識流，寫過黑色幽默，爲了賺鈔票，他也寫過一陣庸俗小說。後來，阿成覺醒過來，他說：

> 我發現，用洋味寫中國的小說，穿戴起來，不倫不類，國人看了不習慣，犯糊塗，失了耐性❶。

阿成是哈爾濱人，他以最熟悉的人物和見聞，寫出那些從山東、河南等地到關外來謀生的農民的歡樂與哀愁。他的小說樸素、豪邁，帶著濃厚的鄉土氣息。阿成的短篇小說，每篇三五千字，概括力強，寫情寫景，非常集中，而且引人入勝。

---

❶阿成〈尋求天籟之音〉，《小說選刊》一九八九年第十二期。

阿成的短篇小說〈運氣〉，一開頭是這樣寫的：

火車朝著賺錢的方向走。

停了！

該停了，老哥說，這泡尿存著還沒撒唻！

說著，掏出肉滾滾的貨，沖著貨場乾龜龜的土地，泚！活活地騰起一條塵龍。

阿成小說的語言，是農民的語言，這是他從日常生活中採擷而來的。因而令人讀起來格外親切。

吃罷了，喝罷了。站了，對準殘皮，尿。尿時，見老哥端的，驚人的勃健與偉岸，窄臉和金牙又前仰後合紅嘴白牙地笑，說些婚後漢子才懂的「黑話」。老哥聽了，一張汗臉，紫紅。再追問，知道沒成親哩。再追問，知道有相好了。叫什麼叫什麼？一路追問下去，又知道那女的叫菊菊。菊菊，菊菊，名就痛人。嫩吧？莊戶人嫩不行，身板兒壯哩，是一米八的個。老哥汗亮著臉，說得動人：「就是好哭。怕我變心腸。她說，掙了錢，就美啦，保不定，挾錢逃了，債也不還了。俗話說得好：有米有麵不是夫妻。又說，哈爾濱的女子多好多好，過蛾蟲似的，眼神兒又野，嘖嘖，你逞得住？又說，城裏女人胸脯望著高，其實是假的，裏面塞的，是些新棉花……說過，又哭。」

阿成的小說簡潔、清新，具有民族風味。讀起來十分爽口，毫不堆砌、別扭。

車皮上，大部是鮮貨：西瓜、桃子、大頭梨、葡萄、橘子、白蘭瓜、哈密瓜，冀晉蘇魯，皖浙贛豫，就差臺灣了。

貨場上，城裏人、莊戶人、掮客、行商、夫妻、兄弟、「至愛親朋」，東鉤西掛，南調北腔，嘈嘈雜雜，車上車下，人影亂晃。

從阿成的小說可以看出他的文字修養很好，而且有相當文采。他的這篇小說〈運氣〉，描寫一羣跑單幫的外鄉人，他們雖然受盡旅途顛沛之苦，但結果卻賠了錢，卻毫不氣餒，只怪自己「運氣」不好。這種聽天由命的人生觀，便是中國民族的特性吧。請你看一下這篇小說的結尾，是多麼富於人生的哲理啊！

白天時，窄臉和金牙看著一言不發的老哥在那裏發怔，就合夥對老哥說：好兄弟，別上火。一車賠，兩車掙。買賣上的事，有賠有掙，很自然……

老哥說，那是。

白日下的長城，在遠處的山脊上，一動不動地橫著。老哥看著。

窄臉和金牙又說：好兄弟，退一步講，咱們都是光溜溜來到世上，早晚還得光溜溜地走。這世上，有咱的東西嗎？操！

老哥收了眼光，說：那是。

阿成是一個才華橫溢的小說家，他的文字簡潔有力，猶如蒲松齡《聊齋》。〈梁家平話〉寫景致，僅是短短四五十字，卻將讀者帶到那北國的荒野中去。

素冬一過，陽氣一拱，茫茫雪野之上，拚了命的春風，撞開了三月門兒。就在這條江面上，大呼大號，大呻大吟，渾渾沌沌，反反覆覆，蹂躪多日。

〈梁家平話〉寫一個單身漢梁金豹，阿成使用古代筆記小說手法，畫龍點睛，將這個魁偉而潦倒的漢子的身世和命運，以簡單的筆墨而表現出來，這是非常成功的「極短篇」小說寫法。

梁金豹是自炊，就自食，且自飲。都完了，兩眼在碗碗間再呆過一陣，方渡到江灣處，去了那面青石，岔開腿，坐了；野火橫天，落日無情。一沉一沉，餘暉一抹，梁金豹老了。

作者以最經濟、最簡捷的筆法，寫梁金豹和赫哲女的從相識到相愛，眞是令人拍案叫絕。同時也充分表現出北國質樸、粗獷的自由性格。

暮春野葩，兩舟相遇。一男一女，都裸，都笑，都撒網。瘋了！都問：敢不敢？樂死了！這樣順水摽了一程。日息了。赫哲女說：「野種。行了。落帆罷。」就落了。……赫哲女說：「野種，我不走，跟你了。」

這是中國大陸改革開放以來小說的突破現象，値得喝采，但也値得警惕。這段曠男怨女的奇遇，固然引人入勝，但是我卻懷疑它的眞實性。即使在暮春三月季節，哈爾濱的氣溫也在攝氏零度以下，那一男一女「都裸」是難以讓人相信的。

阿成的《年關六賦》，獲得一九八七——一九八八年優秀短篇小說獎。從此轟動文壇。他的小說寫景色具有東北小說家的傳統特色，而且缺乏西化情調，這是作者最成功的地方。如〈血日〉

中的一段描寫：

山排子極闊，瞅著也很促狹，柔柔地斜下去，極處，便斷了，對面又凶凶地升起了許多犬牙般的霧山；裂谷之口，有寒氣陳血般重重疊疊悠悠戀戀地封著，隱約可聞「殺殺」的水聲；排子山的野草，利箭般響，密密匝匝，剽剽悍悍，並不在乎山風的幾度掃蕩。野草的上首，浮著一波一波血色的野花……

阿成小說的語言豐富，這是他的最有力的創作條件。其次是他對小說語言靈活運用，而且很有創造性。羅守讓曾列舉出他創造的語言：「女人軟著腔子說」，「三仙狼著眼」，「孝慈哥，你雄著點兒」，「吃得很舒展，很將軍，很皇帝」，「松花江水勢極浩，沃沃野野」❷。這是值得肯定的創作成就。

我國民族是具有安土重遷的特點，即使山東、河南人遷居東北幾十年，他們也常湧出濃重的鄉愁。阿成的《年關六賦》中的一段描寫，爲這個事實作了證明。

漢子們選的漂漂女，一身體好抗折騰；二模樣要順，耐琢磨。一口的家鄉話，你一句

❷ 羅守讓〈論阿成的小說〉，《中國現代、當代文學研究》月刊，一九九〇年第九期。

我一句，長一句短一句，硬一句軟一句，感到「不似山東，勝似山東」，算是回家了。

阿成是一位新時期躍起的小說家，他的寫實主義風格，不僅因襲了傳統的民族文學特點，而且也有他獨特的創造成就。他的小說吸收了古代筆記小說語言的簡練、短捷，這是合乎現代工商業社會讀者的需要。若以短篇小說條件，阿成確是一位難得的小說家。但是，若想創作長篇小說，那是不足效法的，因爲簡潔的、半文半白的文字，難以寫出浩浩蕩蕩長江黃河的偉大篇章，這是魚與熊掌不能兼顧的問題。

二十一、朱曉平〈私刑〉

朱曉平曾經說過：

農民們日復一日含辛茹苦，卻只求最低限度的溫飽；他們大塊大塊耕作收穫，自己卻常常要爲斤斤兩兩拚死搏鬥；農民養育著我們，自己卻常常要靠我們的殘羹剩飯去渡飢年荒月……這就是我們的農民❶。

朱曉平在八十年代中期以西北黃土高原農村作背景，寫了系列小說。他的筆法質樸，生活體驗深厚，很受讀者喜愛。他的小說寫出農民生活的困難，由於尚未走上機械化，依然停留在靠天吃飯的落後階段，因此農民愚昧、迷信而且保守。〈桑樹坪紀事〉中年逾古稀的李言老叔，辛苦一輩子卻吃不飽飯，最後凍死在黃土高原上。〈桑塬〉中的金明兩口子，男的爲搶救隊裏糧食砸

❶ 朱曉平〈爲了那塊熱土〉。

斷雙腿，失去掙工分的能力，結果兩人出外討飯。朱曉平的系列小說，也揭露出農村婦女的悲劇命運，她們到如今還過著祥林嫂一樣的日子。〈桑樹坪紀事〉中的彩芳，十二歲就被人用幾十斤苞穀和幾十元錢買去當童養媳，完婚不久，丈夫故去，她被族人捆綁起來強迫與小叔子「生米做熟飯」，最後投井自盡。另一個叫玉蘭的女孩，猶如貨品一樣賣給一個「柳拐子」病人，她拚命掙扎，卻被幾個後生按在炕上，「讓她三尺高的病男人成其好事」，婚後三天便上吊身亡。〈福林和他的婆姨〉中的青女，她受到野蠻風俗的摧殘，「陽瘋子」丈夫的毒打，和法律與輿論的踐踏，最後活活逼瘋了❷！這是五四時代祥林嫂的悲劇。

朱曉平的《陝甘大道》之一——〈私刑〉中篇小說，也是以桑樹坪作背景寫成的。作者描寫麥子成熟前，最怕下大雨。忽然天上捲來黑雲，桑塬的金斗隊長指揮村裏人吶喊，藉以「驅雲趕雨」，於是喊聲一片：

黑龍黑龍過過喲，
走到南邊落落喲。……

聲音七長八短參差不齊，五六十口人合起來吼叫也頗有氣勢，一個個憋足了勁兒，仰

❷參考邢躍〈他呼喚人的解放〉，《河北學刊》一九八八年第二期。

脖子望天吼著。這套把戲叫「趕雨」。也不知何時應驗過。

作者寫出我國黃土高原的農民，直到現在依舊有集體對罵的習俗。村與村之間，總是有些隔膜，遇到雙方利益發生衝突時，便相互對罵。桑塬和陳家塬之間，有一條寬數百米的羊兒溝，平常女人在溪旁洗衣，還有說有笑，但是遇到「趕雨」這樣的大事，兩村的人民便粗話連篇，罵聲震天：

兩下裏聚起百多人，齊聲鼓噪，罵出來一個聲。桑塬上人罵：「狗日的心黑，喊雨站哩！」陳家塬人便罵：「驢日的心壞，把雨往這搭趕哩！」……一聲「噹噹嚌」，百十人齊吼：「日你娘！」一聲「噹噹嚌」，眾人齊吼「你娘的×！」罵著罵著，就成了「社火」場上耍把戲，隨著鑼鼓點子，不時把新花樣弄出來，兩下裏的精壯漢子大後生把胸脯子拍得山響，「叭叭叭！」拍得紅鮮鮮像月子裏的娃娃肉。「你敢過溝來，捶死你個狗日的！」「你敢過溝來，打死你個驢日的！」「看我剝了你的皮！」「你等我抽了你的筋！」一個個罵得咬牙切齒。兩下裏的女人呸呸吐著唾沫，拍著大腿，左一聲「野婆娘！」右一聲「騷女人！」兩下裏的娃娃便隔著溝扔石頭坷垃，噗通噗通都落到溝裏。

罵了個昏天黑地，兩下裏漸漸有了章法，各自的隊伍便有了明確分工，各司其職。娃娃專管扔石塊坷垃；漢子後生專司拍胸脯掄胳臂踢腿；沒出閣的女子吶喊驅雲趕雨；婆娘們便專事罵，間或操起鋤把、鍬把等一切可以象徵男人鷄巴的棍棍棒棒，像拚刺刀一樣直向對方刺去；老者專事嘮叨，抖落對方的醜家底，諸如某年某月某日某人做了何種壞事——爬了某寡婦的牆頭之類，同時卜測未來，如陳家塬拴了一掛大車，大車常響著鈴招搖過市，這掛車最遲不過明年收秋準要翻到溝裏，頭牯要摔死，趕車的要摔個缺胳臂少腿……

這種村與村對罵的場面，非常滑稽可笑，這可能是農村人民的一種娛樂吧。對罵的結果，天空下起雨來，兩邊的人一哄而散。那料到雨後下起冰雹，打得莊稼砸進泥水中，二百多畝麥，只剩下那三壠兩窩，有氣無力地趴著。這空前災難臨頭，農民淚眼詛咒蒼天。傍晚時分，傳出明天公社派的工作組來查看災情，這個消息給隊長金斗又帶來了憂愁。

爲什麼金斗憂愁呢？因爲幹部下鄉查災情，必須招待一番。「大的應酬擺席請酒，要殺羊殺鷄，買菸沽酒；小的應酬擀麵烙餅，麵都是好細白麵，幾個荷包蛋也是少不了的。」因爲農民仰靠幹部的嘴巴，「說得重了，上面給的救濟多，說得輕了自然就少」，金斗發愁的則是青黃不接的時候，他不知拿什麼招待幹部。好容易熬得工作組視查完畢走了，到了傍晚，公社的毛澤東思想宣傳隊慰問災民來了。

作者以幽默的筆鋒，寫宣傳隊下鄉活動，實在令人捧腹不已：

公社的一輛膠輪拖拉機開進了村。車廂裏有十來個年輕男女擠擠挨挨你扶我扯站著。拖拉機順坡而下，一隻鷄打道旁竄出，司機一踩閘，男男女女吆啦一下擠成了團團，你踩了我的腳，我碰了他的腿，嘻嘻哈哈笑成一團。道旁人見了，瞇著眼露出牙花子傻笑，說：「書房戲房，日×的地方！」

這個宣傳隊的男女隊員數完快板，一呼「萬壽」，二呼「健康」，三呼「勝利」，四呼「感謝」，謝了中央謝省上……一層層謝完以後，扔下一麻袋救濟糧走了。那一麻袋糧食，「癟了殼的蛀了蟲的摻了土粒粒的，不知是哪年哪月的陳倉舊糧。」金斗隊長和村民商量，把這些救濟糧出山去換苞穀種。

作者借金同、福龍兩位青年農民去換苞穀種，寫出了往昔的陝甘大道的客棧，「走江湖跑馬賣解的，舞刀弄棍賣假藥的，走村串鄉的草臺戲班子，逃婚的女子，犯下命案的惡漢」，但是現在依然還有盜賊，結果他倆換的苞穀種籽以及毛驢兒都在夜間被盜走，兩人哭哭啼啼，額頭上血里糊拉，一臉的淚水血水拌著泥灰，回到桑樹坪「請罪」。隊長金斗給他倆的「私刑」就是五花大綁，挨家挨戶去磕頭請罪。最後，公社領導來到桑樹坪，看見這種「私刑」，下了命令：「

破壞生產自救，隨意吊打羣眾，三個人都帶著走。捆了走！」最妙的，金斗雖然被綁著押走，一面還向村民交代生產任務哩。這實在是最好的一個結尾。

朱曉平對於農村非常熟悉，對於農民的生活習慣，思想意識都很深刻，所以他的小說細緻動人。他寫隊長金斗的撒尿，簡直是神來之筆，讓人猶如走到農村一般：

金斗喊完轉身到樹後，扯下大襠褲子，掏出那傢伙嘩嘩撒開了尿。久勞之人，腰身虛乏，尿清且長，金斗嘩嘩地收不住，手挰著，尿柱子便畫起了圈圈。有螞蟻挪窩，一行行一排排忙碌著，於地頭排出條條黑線鼓湧著挪動，金斗有趣，尿柱子隨著螞蟻隊伍澆開了，水線線順著澆，找著了那蟻穴，一泡尿便嘩嘩朝洞裏灌去……

朱曉平畢竟還是青年作家，結構層次稍嫌零亂，不够嚴謹。〈私刑〉寫到金斗將金同、福龍捆起來掛在樹上，他想起搞土改自已也在樹上掛過。接著，作者提起四八年的往事，一些部隊轉過來的工作隊，「不是山東侉子河南蛋就是山西醋瓶子」，他們為農民進行談話，完全不瞭解當地的語言習慣，因而造成很多的錯誤。

幹部問：「你是地主嗎？」

答：「不曉得啥叫地主。」

問：「不曉得啥叫地主，那就是富農嘍？」

答：「啥叫富農？」

外鄉來的幹部並不知道此地並無地主或富農這一說，有錢有地的統稱爲「大戶」。

問：「裝糊塗！你有多少地？」

答：「八十來畝坡地，二十來畝塬地。」

問：「一戶人怎有百多畝地，還不是地主。」

答：「荒山野嶺，誰開了算誰的。」

問：「胡說！沒聽說天下有無主的地由人隨便種的！你僱過長工短工嗎？」

答：「收麥僱麥客，打窰僱窰工，請人鍘草……」

問：「哎喲喲，你啥事都不用動手了！」

答：「官長，我這搭就是這情況，人人都這麼過喲！」

問：「放屁！還想賴！」

作者在〈私刑〉中翻這些舊帳，實在多此一舉。但是他翻開這些錯誤的、糊塗的陳年濫帳，卻讓人湧起無比的惆悵。

二十二、周大新〈漢家女〉

周大新的鄉土小說，以豫西南盆地作背景，塑造的婦女形象非常質樸、可親；對於沒有在五十年代以來到過大陸農村的人，特別感到新鮮，因爲藉此可以瞭解大陸農村婦女的思想面貌。

對於長期生活在豫西南農村的周大新，他對於農村婦女的性格，描寫得栩栩如生，躍然紙上。最早發表的小說〈漢家女〉，表現出農村女青年並不肯安心躲在農村，專事農業生產，而是一心一意脫離農村，去尋找新的生活道路。「漢家女」爲了想參軍，竟然欺詐招兵人員，作出如此潑辣勇敢的舉動，這在中國傳統農村婦女的性格上是一個驚人而可喜的變化：

> 俺不想在家拾柴、燒鍋、挖地了！俺吃夠黑饃了！你現在就要答應把俺接走！你只要敢說個不字，俺立時就張口大喊，說你對俺動手動腳。俺曉得，你們當兵的總唱「不准調戲婦女」。你看咋辦？是把俺接走還是不要名聲?!

這個豫西南婦女寧肯耍賴也要參軍，這是五十年代大陸的農村青年的普遍心理。「漢家女」

「吃够了黑饃」，想吃白饃，這固然是一大原因，但重要的則是中共鼓動宣傳風潮，把社會主義調子提得過高，因而住在窮鄉僻壤的農村青年，一心想往外跑，他們以爲外界的社會主義城市，吃香的、喝辣的，人們過起天堂般的生活。

這個出身農村的婦女參軍以後，作爲丈夫的妻子，國家的兵士，她的愛表現得非常熾烈。她到了前線，給丈夫捎回這樣的話：「你要敢跟哪個女人胡來，老子回去非殺了你們不可！」

有一個兵偸看她洗澡，她發覺以後披上雨衣，走出去搧了那個兵幾個耳光。後來，那戰士寫來短信，爲了名譽，哀求她不要告狀。並說自己活到十九歲尙未看過女人洗澡，請她饒恕。因爲他明天便去突襲敵人，此去生死難測。這個心地善良、性格粗魯的「漢家女」叫來那戰士，突然用顫抖的聲音說：「你可以抱我，親我。」滿面淚水。那個兵撲通一聲跪在地上。

這是周大新最成功的一段作品。他創作的這位來自豫西南鄉村的婦女，生性潑辣，性格鮮明，她在前線看到傷兵血肉模糊，一面爲他們敷藥、輸血，噙著悲痛的眼淚罵「日你媽！」最後，「漢家女」犧牲了。

周大新的長篇小說〈走出盆地〉，塑造了另一個農村婦女鄒小艾的形象。當她最倒霉的時候，老四奶勸她「認命」，告訴她「人吶，都有個命，命裏該你吃三升米，你想去吃一斗，能行？」鄒小艾斬釘截鐵地說：「給三升我不幹！只要有人吃一斗，只要男人們分一斗，憑啥只給我三升？我偏要掙來一斗吃！這回又敗了，敗就敗，總有一天會勝！」

爲什麼一個安土重遷的農業國家的農民，不肯留在家鄉，一心一意想脫離生產，到外面參軍呢？漢家女如此，〈走出盆地〉的鄒小艾也是如此，這是值得深思的問題。

但是，周大新卻沒向讀者交代明白，也許他有他的難以交代的隱衷。不過，他創造的鄒小艾的性格是非常成功的。鄒小艾說過這樣的話：

人的命要眞是一本書，我那本書哪一頁上寫啥就得由我自己動筆，誰替我寫我要改！

中國的婦女若都有這樣明朗、剛烈的性格，那眞是可喜的進步現象。曹雪芹地下有靈，他一定會計畫重寫《紅樓夢》的。

周大新的中篇小說〈伏牛〉，是一篇感人的作品。作者假借一位「奇順爺」來穿插解說有關牛的知識，非常有趣，這是他獨創的形式。例如，奇順爺告訴作者說：

中國黃牛共五種：南陽牛、秦川牛、魯西牛、晉南牛、延邊牛，南陽牛位居五牛之首。說南陽牛祖籍在伏牛山，最初發現它們的人是一位我們周族的一位祖先。

當初天庭的御牛棚離天宮不遠，牛們整日亂叫，惹得玉皇心中煩躁，便宣來牧牛大仙，命他速下凡間尋個去處，將御牛棚裏的牛先養在凡間，御膳房要宰殺時可隨時去領。

那牧牛大仙駕雲來到南陽地界，見八百里伏牛山草樹繁茂，是放養牛的好地方，於是便把天庭的御牛全放了下來。

周大新以奇順爺的「旁白」，貫穿這篇復仇題材的小說。奇順爺的話，有時似眞，有時似假，套句大陸的話，那是浪漫主義與現實主義相結合的語言。必須指出：那位從小放牛，長大當過閹牛的、牛經紀、牛販子，後來作過牛把式的農民奇順爺，他是通過長期對牛的觀察與瞭解而累積成的總結，所以彌足珍貴。

作者在〈伏牛〉小說中，以一個名叫周西蘭的農村女孩作女主角，她從小和一個啞吧女孩蕎蕎在一起玩。中間還有一個英俊的男孩照進。有時，財主女兒蕎蕎手上拿著白饃，「白饃的香味已鑽進我倆的鼻孔，那東西太誘人了！」當時，他們牛灣村能吃上白饃的只有蕎蕎一家，西蘭、照進這兩個孩子，見蕎蕎手上的白饃，實在眼饞。「我聽見自己咽了口唾沫也聽到照進哥嚥唾沫的聲音，我們太想吃一口了。」

西蘭對於蕎蕎產生妒恨，還是從蕎蕎的父親劉冠山身上算起。那時的西蘭已十二歲，小心靈上開始產生妒恨的心理。

那年秋天蕎蕎她媽又給她生了一個弟弟，但照樣無奶水，於是我娘又被她爹劉冠山叫去餵奶——那時我娘給我又添了一個妹妹。有天後晌娘去餵奶時去了很久，家裏的妹妹哭得厲害，我便去蕎蕎家喊娘。那時我還不懂什麼禮節，我沒有敲門就進了院，又猛地推開堂屋的門，在門推開的那一剎我被我看到的場面驚住，我看娘胸衣敞開著坐在劉冠山的腿上，劉冠山正用嘴噙著娘的一個奶頭使勁吮吸，手還緊攥著娘的另一隻奶子。我推開門時我聽見娘尖叫一聲捂上了臉，我看見劉冠山臉血紅著說：「西蘭，你來了。」同時把娘放下了地，他嘴角還沾著一點白色的娘的奶水。

這件女兒親眼看到的醜事，當然妒恨萬分。當西蘭把這事告訴父親，父親揪住她娘要打，拿起菜刀要找劉冠山拚命，最後還是被阻止下來。後來，「劉冠山就在牛屋前的那個土臺上開了一次鬥爭我爹的會，說我爹偷了做牛料的麩子，讓他低頭彎腰在土臺上站了半晌，這之後爹就一病半月，在病中爹抓住我的手說：劉冠山這是在報復！」從此西蘭恨劉冠山，也同蕎蕎斷絕了來往。

周大新描寫一個農村少女的初戀心情，細緻、純潔而讓人怦然心動：

我日日要和照進哥一起篩草、拌草、墊圈、出糞。這時的照進哥身子已經長得更加壯實，上唇上的那層茸毛已微微發黑，說話開始帶了嗡聲。我喜歡看他在牛槽前忙乎的樣子，尤其喜歡看他光著脊樑給牛鍘草的架式：腰一直一躬，臂一擡一按，腿一曲一伸，肩一斜一平，身上的疙瘩肉一滾一滾，有時看著看著，心中就有一股熱熱的東西在翻，手就癢癢的直想上前摸摸他那光赤的脊樑。

作者描寫女主角周西蘭與蕎蕎之間的仇恨，非常具有衝突性。不僅蕎蕎的爹枉害了西蘭爹的性命，同時蕎蕎也奪走了西蘭的情人照進。作者在每一段描寫上，都圍繞在牛的四週，這是通過藝術匠心的安排而創作的。

只要它（指那匹叫小雲黃的牛）看見蕎蕎，便準定歡跳著跑過去，又是擺耳又是彈蹄，一會兒用舌尖舔她的手，一會兒用臉蹭她的腰，一會兒用尾彈她身上的灰。蕎蕎吶，隔一陣給它口中塞點青草，隔一刹又用她梳頭的木梳給它刷毛，隔一陣又在它的脖子上繫一個花布條，同它玩得熱鬧無比，致使牛把式們都誇：蕎蕎會養牛！聽到那種誇獎，我心裏就又添了一層妒意，就在心裏罵：小雲黃，你一定是看中了蕎蕎她爹有錢有勢才這樣巴結她，賤牲口！

當西蘭聽到劉冠山的啞女蕎蕎將要和照進結婚，她實在不相信這是眞的，西蘭跑去找照進，問個究竟。照進告訴她，劉家答應給他三頭牛的聘禮，他才應允了這門婚事。西蘭用力掄了照進兩個巴掌！心中在想，「不能哭！把嗚咽憋回喉嚨。」

這個敢愛敢恨的河南農村閨女，心裏在咒罵，舊恨加新仇蒙上心頭，她如今只有懇求生神爲她作主。作者的描寫既冷靜而又細緻動人：

吃罷晚飯，我趁爹娘不注意，取下了掛在門旁牆上的牛神，把它抱回自己的睡屋，放在那個盛衣服的紙箱上，在它面前擺了兩塊豆餅，爾後跪下，咬了牙說：「牛神，你要眞是神，你就該顯顯靈！周照進爲牛壞了良心，你該讓他死在牛蹄下面！」

這個性情剛烈的姑娘，按照傳統的習俗，向牛神血祭。用剪刀把自己右手中指戳破，在牛神頭前滴血五滴。終於，周照進和劉蕎蕎的結婚日期到了。牛車迎娶，一片歡樂場面，牛灣村呈現出節日的祝福空氣。新婚之後，西蘭懷著妒恨的心情去報仇。她趁著那一對新婚夫婦熄燈之前，跑到牛屋用鐮刀砍了小雲黃一下，牛哞哞叫，照進披衣跑進牛屋，卻不料被藏在牆角的西蘭抱住，兩人展開一場愛與恨的搏鬥。

我感到他的雙手猛地把我抱緊，身子漸漸開始激動，而我的心裏卻全是仇恨，我沒有嘗到任何快樂，我只感到了一陣撕心的疼痛，與此同時，我們嘴裏也有了一股血腥味，我把他的嘴唇咬得鮮血直流。我最後仰躺在草堆上時，我看見雲黃和那兩頭黃牛六隻眼睛全在驚望著我和照進，雲黃的屁股上的血珠還在順腿流動。「滾開！」當事情結束後他還伏在我身上時，我猛然用手和腳把他推滾到了草堆下邊。他提起褲子站那裏，怔怔地看我。「滾到你的啞巴女人那裏去！」我讓聲音從牙縫裏衝出。蕎蕎，現在讓你要吧！他已經跟過我了！已經做過我的男人了！他的童身是我的了！你要的不過是個爛男人、舊東西！蕎蕎，你知道吧！……

周大新以復仇的題材寫出〈伏牛〉這篇小說，從故事而言，精彩動人。最後蕎蕎被發瘋的雲黃以犄角撞破肚皮而亡。等銀升嬸爲她洗屍時，才意外地發現蕎蕎是個處女，這在西蘭的復仇心理上更獲得了滿足。

復仇的題材，在古典主義文學作品中，屢見不鮮。莎士比亞的哈姆雷特悲劇，曾博取千千萬萬讀者和觀眾的眼淚。但在中國文學史上，復仇主題的文學作品，似乎很少，這和我國民族的傳統觀念有關。我想周大新一定同意這種看法吧！

周大新曾說：「我於是想寫寫人爲的痛苦。」他說：「人並不無緣無故地製造痛苦。乾旱、洪水、地震、颶風，大自然給人製造的痛苦已經够多：生、老、病、死，生命過程本身的痛苦也已經不少。人所以還要在這些之上再製造一些痛苦，實在因爲這對人也是一種需要。人的某些心理要得到滿足，必須以製造痛苦爲前提。比如說復仇心理，無論是村仇、族仇、家仇還是個人仇，只要想報復，其唯一的辦法就是給對方製造痛苦。仇越大，復仇者爲對方製造的痛苦就越深；爲對方製造的痛苦越深，復仇者獲得的心理滿足也越大。」❶周大新這種論調，固然聽起來十分有理，但是作爲一個文學工作者而言，我是不敢苟同的。因爲它有悖於中國的傳統文化的精神。

周大新是一九五二年生，也許他還年輕，記不起五十年代後期，由於走階級鬥爭爲綱的文學創作路線，使文學小說形成僵化狀態。到了文革時期，任何小說都是「苦大仇深」的貧下中農，向地主富農進行你死我活的鬥爭。讓人看得搖頭發笑。周大新的〈伏牛〉的復仇意識，對於廣大讀者而言是有害的，因爲他向讀者灌輸一種以報仇獲取滿足的不健康心理。

最讓人不能諒解的則是西蘭用肉體搶先佔領照進的一幕，既不合情亦不合理。縱然我身在臺灣，對於北方農村已闊別四十餘年，但我仍然堅信豫西南的淳樸風俗，決不會產生像周西蘭這樣西化的鄉下姑娘！周大新的這一幕描寫，大抵是從美國好萊塢影片「野宴」抄襲過來的吧！

---

❶ 周大新〈圓形盆地〉、《解放軍文藝》一九八八年第六期。

二十三、謝友鄞〈馬嘶·秋訴〉

謝友鄞的短篇小說〈馬嘶·秋訴〉，鄉土氣息濃重，文筆結構嚴謹，對於蒙、漢交界地帶的風土景色，描寫如詩如畫，給予讀者一種清新的感受。

作者寫一對新婚夫婦準備去買馬，清晨懶洋洋眷戀被窩裏，誰也不讓誰披衣下炕。只是講話，講去打水，講揣麵貼大餅子，但結果只是說說而已，還是倒在被窩中。

頭一回，她剛要爬起來，他仰躺著，伸出兩隻壯實有力的胳臂，抱住她軟嫩嫩的腰；雪白膨起的奶子，兩滴熟透的櫻桃沖著他晃，他衝動地把她拽回了被窩裏。第二回，她饗著細鼾，他舔了舔她閤著的細密纖長的眼睫毛，輕輕撐身，正要起來，她卻把頭一下子壓在了他寬濶的胸脯上。……退回去七、八年，連十七、八歲的姑娘，晚上睡覺都脫得光赤溜的。這兒曾是有名的貧困區。有的人家連褥子都不鋪，肉貼著炕席，省衣裳、省褥子，也節省柴禾。早晨起來一瞅，一身好看的花紋。

作者描寫這一對漢蒙通婚的青年夫婦，住在新蓋的房子裏，種的六畝將要收割的莊稼地，趕著新打成的馬車，就是缺少一匹馬。他們準備買進一匹純種的蒙古馬。作者筆下的遼西大草灘的景色，引人入勝：

出了村，往北走，都是山，峯托著峯，峯推著嶺，沒完沒了山的浪。微白的山徑像臍帶似的墨黑的山巒間飄飄悠悠、忽隱忽現，使人想到生命的原始和神祕……北眺隱隱約約，一線墨綠，那是著名的防風林帶，把內蒙和遼西清晰地劃分開。強勁的風從高處掃下來，壓下來，沒膝深的草海退潮似地刷刷倒伏；風過去後，又喧喧嘩嘩地站起來。這兒、那兒，草灘上每隔三、五里，便露出一簇簇新的紅磚青瓦房。

作者對於馬的知識豐富，經驗深厚，否則絕對寫不出如此傳神的內容。他先從賣馬主人的裝扮，帶著「潮」味的蒙語寫起，再寫「馬八百塊錢一匹，任你挑」；偏巧這位剛結婚的蒙古新娘懂馬，挑了「一匹高大壯碩，昂首甩尾的雪青馬。大鼻翅，大嘴巴，咬肌發達，能吃能喝喘息通暢。四肢關節明顯，蹄扣如碗，充滿彈性。」誰料那個羅圈腿的馬倌，卻故意刁難買主，因爲他捨不得賣出那匹救過他性命的雪青馬。

馬倌氣憤不悅，別的馬不挑，偏挑這匹百裏難選的好馬。甚至連牧主聽到也「身子一顫」。

但是沒有辦法，只得咬牙賣出去。馬倌提出條件，若套雪青馬，十塊。新娘子賭了一口氣，親自套馬。作者描寫十分精彩：

她一扶馬頸，跳上扦馬。左手挽繮，右手拎著長長的套馬杆，緩緩地、不動聲色地朝雪青馬走過去。馬倌的嘴角仍斜挑著一絲冷笑。……她吹吹地喚著，甜蜜、輕鬆、親暱慢慢挨近去，逗著，挨近去，驀地一揚馬杆，在半空中劃起一個滿月。雪青馬倏地驚醒，舉起前腿，昂起頭，恰好鑽進了套索裏。

接著，作者描寫這個蒙古族新娘的騎馬驚險鏡頭：

雪青馬激動地嘶鳴起來，頭向上掙扎擺脫，慘烈的叫聲像一支響箭潑喇喇飛上藍天。它舉起兩隻前腿，霍地向左一跳，重重地落下；又騰空舉起兩隻前腿，噗通向右一跳。來回掙跳，弄得她在馬背上左右搖晃，險些鬆脫腳鐙，從鞍背上栽下來。……她身子向後一仰，連忙挾緊馬肚，雙手死死攥住馬杆。狂跳不止的雪青馬陡地向前衝去。霎時，蹄聲似雨，金鼓擂響大地。羣馬驚慌地吹吹長鳴，炸湧著，如水似地分出一條長長的甬道。也許是她的坐騎跟不上，也許雪青馬的力量奇大，奔出幾百米後，眼瞅著她抓住馬杆的末端，從馬背上無聲地滑起，在半空中悠悠向前，像一隻孤零零的鴻雁，展開燦爛的羽翼，飛向碧玉似的藍天。倏然中彈，噗嚓，撲落在草灘上，急劇的不停地翻滾。……她借著翻滾減少摔力，站了起來，臉漲得血紅，呼哧呼哧大喘，眼睛裏噙滿屈辱的淚水。

謝友鄞對於草灘人民騎馬，實在瞭若指掌，相信他也有多年騎馬經驗，否則寫不出如此鮮活的畫面。新娘從馬背上摔下來，馬跑向遙遠的天際，這可使馬倌驚慌起來。作者接著描寫馬倌追捕雪青馬的一段，更是精彩：

一聲唿哨，馬倌翻身躍上一匹馬，流星般地從他們身邊掠過，直朝雪青馬追去。……馬倌一個鐙裏藏身，俯身拾起拖曳在雪青馬後面的馬杆，又重新翻上馬背。他沒有像她那樣立即收緊馬杆，而是跟隨雪青馬，跑一段，收一收，馬兒被扯拽得昂首揚蹄，落地後，再鬆再跑再收。夕陽落在前方地平線上，通紅圓碩，映紅了半邊天，染紅了壯闊的草灘。馬和人箭也似地朝前射去，越去越小，倏地彈進紅日裏。人和馬墨黑墨黑，在巨大靜謐的紅日裏剪影般地昂首、撕拽、舉蹄、奔旋。……馬倌回來了。他胯下的坐騎大汗淋漓，雪青馬喘個不止。

這對新婚夫婦把十塊錢硬塞給馬倌，馬倌卻把錢甩了回來，惡狠狠地說：「記住，伺候好它。」最後牧主告訴他們：有一回馬羣炸了，他被撊下馬背，幸而雪青馬把他叨了起來，才沒被亂馬踏死。人和動物的眞摯感情，也是同樣感動人心啊！

〈秋訴〉簡直就是一首田園情詩，美不勝收。它描寫這一對新婚夫婦趕著新打的牛車去地裏搶秋。爲了慶祝新牛車啟用，一開始就點燃鞭炮，「五千響小鞭像一隻蜈蚣，從竹桿頂端垂吊下來，捻芯嗞嗞地向上燃燒。驀地，噼噼啪啪炸得滿天飛，粉紅色屑雨紛紛揚揚……」作者以勞動是歡樂的泉源作基調，描寫這一位蒙古族新娘，不僅會騎馬，而且是勞動的能手：

> 女的嘴角含笑，攉起一個穀捆，兩只眼睛晶亮，豐滿的胸脯微微起伏。瀑布似的陽光傾瀉下來，把她潑洗得透明；纖細的攉杆在流水般的光照裏嗡嗡顫響，仰起的一張臉生動得明燦燦，大得不成比例的穀捆向上徐徐隆起，她的身影奇異地仰倒在大地上。神了，眞美！

作者也藉著這篇小說，表達了在父母嚴厲管教下，戀愛不太自由，影響她們的婚事。因而鄰家一對姐妹向蒙古族新娘發牢騷，「我爹說了，我們倆是他拿糧食堆起來的。人家不撈回來能幹？要留著我們狠使喚幾年哪。」那個妹向她訴苦，「揚花的時候，見天晚上，爹都打發我娘，一拖拉一拖拉的過我們小屋來淸點人數。」還是那個爽朗地剛結婚的蒙古族女人講的痛快：「揚花的時候，我們鑽過穀地啦。」

當穀垛堆滿馬車，他們懷著秋收的愉快心情回家途上，哼著情歌，充分表達了草原與大山、漢蒙兒女的眞摯感情。作者用油畫塗抹出一幅美麗的圖畫：

女的趴在穀垛上，頭幾乎抵住男人的後頸，嘴裏咬著一節穀桿，一股新鮮的汁液簌簌地浸入她的嘴裏。穀草的芳香使她微醺。頭上，有一隻鷹，貼在光滑的天空上，一動不動，像靜物標本。

二十四、田中禾〈鬼節〉

我國是一個農業大國，以農村生活見聞寫出的短篇小說，比較受到讀者歡迎。田中禾的《落葉溪》系列小說，以豫西南陽地區泚河附近的鄉野見聞作背景，最是引人入勝。

田中禾原名張其華，河南唐河縣人，一九四一年生，他從五十年代中期開始創作。生活底子厚，文學功力強，這是他創作上最有力的條件。

我認爲田中禾的《落葉溪》系列小說，每篇三五千字，寫鄉間傳統、寫農村人物，或寫流傳已久的民間風俗，所用的筆墨不多，但卻具有概括性、趣味性與可讀性。最可取的，卽使田中禾寫鬼的故事，也絲毫沒有胡扯瞎編的現象，而是忠實地記錄了我國民間的風土人情，這是作者深入生活的最大關鍵。

田中禾的〈鬼節〉，有這樣富於人情味的鄉野傳奇故事：

> 早些年有個打魚的于老漢，每天半夜起來放網捕魚。就是在桐河嘴，碰上四個人坐在河灘上來賭。他也坐下來，贏了許多錢。天明一看，全是燒紙。後來又碰上他們，于老漢

說：「哥們，這可不仗義，讓我贏了錢沒法花。」那四個鬼笑著說；「來！再贏，給你銀子。」後來，眞的鬼們都給銀元寶。天明一看，是銀箔疊的紙錠。老漢全都拿在河灘裏燒了。從那以後，夜夜滿網，打的魚擔不動，不到一年就發了家。

儘管寫的是賭博，但是人和鬼都如此質樸、善良，毫無欺詐惡習。于老漢贏了死人用的冥紙，向四個鬼訴寃，那四個鬼卻笑道：「來！再贏，給你銀子。」這是農民誠實的本質。試問鬼所用的「銀子」，不是銀箔疊的紙錠是什麼？它們並沒有哄騙于老漢。天明之後，于老漢恍然大悟，卻無怨無悔地把紙錠燒掉，這又是何等寬容的胸懷！最後，這個鬼故事以中國傳統的「善有善報」結局，讓于老漢「夜夜滿網」，發家致富。滿足了讀者的心理。

作者描寫七月十五「放河燈」，細緻動人：

> 河燈是小木板上粘著松香，點著，放下水，順流蕩漾。站在西河碼頭，遠遠望著黑濛濛的河面，先是三兩點，像鬼火一樣，隨著水流起起伏伏。接著，船上隱隱傳來鑼鼓聲（這是驚醒鬼魂來取燈），河裏的燈也多起來，遠遠近近，點點行行。那時候，我覺得河水寬濶無邊，黑暗中大地失去輪廓，山野化爲淡灰一片，周圍是無邊際的神祕，人世似乎已經不存在。每盞小燈像一個遊魂，在隱約間飄飄蕩蕩。我感到毛髮悚豎，心裏湧動著博大

的憐憫和感動，在不知不覺中流下淚來。

田中禾描寫的鄉村書鋪師傅，非常傳神，這是通過他長期觀察才寫出來的。在短篇小說〈書鋪冉〉中，有這樣精彩的描寫：

我常去看高師傅刷紙、印作業。他個子很大，有力氣，有手頭。腰裏紮了寬大的水裙，刷，刷，揮舞大膠刷，白紙就變成紅紙。吊起來，像扯旗一樣晾在桿子上。一塊塊刻了方格、橫線的木板，刷上墨，貼上白棉紙，大棕刷蹚過去，揭起來，就成了作業本。最讓人敬佩的是切紙，高師傅掂起刀，非常神氣，刀片有半個桌面大，嚓啦，嚓啦，在石頭上蕩起火星，右腳踩緊壓木，蹭，蹭，潔白的刀口整整齊齊斷開來，漂亮極了。

像高師傅這樣的傳統印刷工人，在我們當前的都市中早已絕跡，因而讓我們更湧起了往事的懷念之情。這些人生活在僻遠的鄉鎮，雖然物質生活貧乏，但他們的精神生活卻異常的充實而豐富。田中禾筆下的〈書鋪冉〉男主角冉五伯便是這樣的人物：

我們簇擁著他走到月光下，窄窄的長街很安靜，商號門前柱子上號燈發出幽幽的光。

坐在大牌坊獅子座上，聽他講瞎話兒。他的故事一輩子都不會重樣。沒錢人穿紙糊褲子；長瘦的人割肉不給錢，「小雨紛紛，割肉半斤，不知名姓，脖子裏長個圖吞。」迂腐秀才落水，臨死不忘之乎者也：「漂漂乎，蕩蕩乎，一會兒不撈就夜壺。」……我們笑，商號的門廊裏回聲四起。

田中禾的《落葉溪》系列小說，圍繞著南陽地區如同郵票大的地方，寫風土人情，寫民間娛樂。在《鵪鶉》短篇小說中，作者描寫兩隻鵪鶉相搏鬥的情景，栩栩如生，引人入勝：

那鵪鶉就像凶狠的狼一樣，下圈就叨，叨得翻過兒，飛毛，見血。這同那時候的時局人心挺一致。後來關在洲的鬥敗了，溜著圈邊跑。冉福元的鵪鶉就像打勝仗的軍閥頭兒，趾高氣揚，不可一世。關在洲臉色煞白，一把捏過鵪鶉，啪地摔在地上，還跺了兩腳。那時候我很奇怪，大人們也這麼認真，比小孩子玩遊戲脾氣大得多。

田中禾對鵪鶉有一定的瞭解。他對於「訓鵪鶉」的方法，也交代非常清楚，好像他也是一位養鵪鶉專家。

訓鵪鶉叫「把」。就是把鵪鶉握在手裏，拇指和食指扣緊脖項，中指攬著素子，無名指與小指挾腿，使它經常呈昂頭、翹翅、伸腿狀。要一直「把」得手心出汗，鵪鶉羽毛濕透，才可以把好。這樣把，鵪鶉的體形特別適於惡鬥。鵪鶉的好壞，很大程度上決定於「把」得如何。還要經常使它饑餓。餵半飽。餵得太飽，增肥，笨，懶，沒有狠勁。餵得太差，乏力，不耐鬥。要用適當的營養使它半膘，瘦而有力，韌勁大，見食眼紅，保持鬥志。

至於怎樣逮鵪鶉，田中禾寫得更是細緻有趣：

逮鵪鶉要起得很早。蹚著露水，輕輕走過荒野。褲腿打濕了，鞋子變成泥坨坨。晨星還沒有隱去，月兒淡淡地下垂。東方微透光亮，天際蕩著灰白。唱把伯把兩根高高的竹桿豎起，輕輕插進地裏。竹桿上吊著一串唱子籠，最下邊，幾乎貼著地皮，吊著母鵪。他常常選擇一塊沒有收割的莊稼地，周圍是收割過的光禿禿的田野。唱子們開始鳴叫，「禿——枯——察——」，高亢，悅耳，悠遠。黎明被驚醒，晨霧漫漫，那歌聲此起彼伏，裊裊迴盪。「追——追——」母鵪配著和音，增加了這合奏的渾厚感。……太陽升起來，明亮地照著大地……鵪鶉不敢飛起，也無法逃走。唱把伯用帘子遮臉，嘩嘩地，輕輕抖動莊稼，造出響動。被誘來的鵪鶉就向著張了網的方向移動。它們在莊稼葉子下，貼著地皮，悄悄地狡猾地蹦躂。終於，它們被驅進狹窄的一角，唱把伯像猴子一樣跳起，猛拍帘子，嘩！嘩！鵪鶉受驚飛起，紛紛投進網裏，抖動著翅膀和小腿，瞪著恐怖的眼睛。我笑著，喊著，舞著手，從樹叢裏跑出來，幫唱把伯揪網，收鵪鶉。

田中禾所寫的鄉土氣息的題材小說，在文革時期列爲禁區，作家是不能寫的。新時期的文學作品，卻將農村的民間習俗、傳統迷信，都忠實地反映出來，這是可喜的現象。

二十五、雁寧〈牛販子山道〉

雁寧的短篇小說〈牛販子山道〉，最初發表在《人民文學》一九八七年第三期。這篇小說像水一樣的秀麗，山一樣的清朗，尤其那一對健壯的小伙子和俊俏的閨女的戀愛，使那綠色山野和黃澄澄的春光也長了精神。

雁寧寫兩個牛販子，一老一少，在大巴山腰中趕牛前進。他們的日子縱然苦，也有甜，雖說危險，卻也活得坦然。就以山道上的綺麗景緻，就讓人感到無限嚮往。

灰白灰白鑲了條條綠紋的山道彎來繞去像絞麻花，兩邊石岩突兀峭挺傾斜著像要合抱，天空被岩鋒割裂成方形矩形條形棱形組合的一條亮晃晃的銀帶子，那根銀帶子飄到山谷底部已變得灰濛濛陰淡淡的。

雁寧用重疊的句法，寫景。如詩如畫，這證明具有長期觀察才能寫出如此傳神的景色。石濤所謂「搜盡奇峯打草稿」，用在文學上也是非常貼切的話。

俗話講，好山才有好景，年輕人莫那樣傻兮兮的看景緻，它叫眼花坪，也帶得有魔法，好些漢子就是被它迷下滾牛坡的喲。那些花花草草把祖祖輩輩人啊牛啊的血水汗水喝足了，才長得那麼妖妖艷艷。

作者不僅寫景如此深刻動人，寫山村姑娘也很成功：

那天太陽好大，春兒只穿件薄薄尼龍衫、脹鼓鼓的胸脯兒像要蹦出來，他忍不住伸出手去捏了一把，有說有笑的春兒立即就像牛牛娘這副模樣了。不過，一會兒春兒雙臂像籐子一般纏住他，兩人像乾柴一樣倒在青楓林子綠茸茸的草堆裏，驚得一對斑鳩咕嚕嚕往樹叢裏鑽，逗得春兒格格地笑，桃花瓣似的紅暈在她可愛的臉上放肆……

雁寧的〈牛販子山道〉，寫一個年輕男人，雖然不樂意幹這個行業，可是他具有深厚的牛販子條件。他懂得牛，就以他後面跟來的一條高大的水牯子，四膀漩兒磉磴蹄圓，兩隻板腳烏黑發亮渾身皮毛油抹水光，他認為這是好牛。牛市裏有個謠訣，「前能放張斗，後能挾死狗」，就是這種牛。所謂「人外有人，山外有山」，牽這條水牯子的瘸腿老漢，比起他來可更厲害了。在牛市場，「凡他拍過角板的牛，馬上漲價。」瘸漢買這條水牯子，充滿了神祕色彩。他在牛市轉了一圈兒，就蹲在這條牛的身邊抽煙，聽賣主買主討價還價，等人家走後，瘸腿老漢猛然站起來向賣主懶洋洋地說：「媽的上當就上這一回。牛，老子要了，就按你哥子開的價！」賣牛的明知吃了虧，也只好陪笑和他去開票付錢。

作者塑造的這位瘸漢，半世紀以前就是「赤衛隊」，後來腿被打傷，落得幹了大半輩子牛販子。有一年他的伙伴斑竹溝的胡老二回來，縣上地區省裏的官兒陪著，這位胡司令員要找他，他卻跑到龍頭岩販牛去了。別看他有時還被按上「投機倒把」罪名，但是瘸腿老漢活得瀟灑自在，他談過戀愛，也會唱山歌，會喝酒，更懂得人生。桃桃把一疊十元大票摔在桌上，想買他的那條牛，瘸漢冷冷笑道：「我還缺這狗屁錢麼？實話告訴你們，我們老牛販子翻山越嶺就爲買條好牛圖個痛快！老漢缺的不是錢，是……唉，年輕人哪曉得我們這號人心頭的苦楚喲！」瘸腿老漢心頭的苦楚是什麼？作者在結尾時才告訴讀者答案：

> 浩成，你看板栗坡，多好的山水多好的田地，哪個好好待它，它就給哪個黃金一樣的糧食。我把這條黃牯子送給你，願你好好待這片田地，它報答你的不止是金子哩！莫再像我一個老牛販子東飄西蕩無根無靠，不知哪天倒在哪省哪鄉？田地，比命寶貴啊，我明白這點，遲囉。

作者安排這位年輕小伙子浩成，選擇春兒，不要桃桃，乃是通過藝術匠心的抉擇。桃桃經營「山珍飯店」，這些年發了財，「店堂裏擺著十來張餐桌，櫃架上幾十種酒，燒臘鹵菜黃爽油亮抓眼抓鼻。」漂亮的桃桃是他中學同學，她主動想和他一起過，「兩三年後我們就修座小洋樓，比城裏人過得還舒服。」但是，浩成一想起春兒的話，心中就覺得中聽：「浩成哥，你狠下心種幾年田，掙一筆錢就去讀書，……嘻嘻，你回來辦個養牛場，我就成技術員娘子啦……哎呀，好羞好羞，我是你啥人？你是我啥人？浩成哥你說清楚……」

作者描寫最後浩成選擇了春兒，放棄了桃桃，非常精緻動人：

> 浩成浩成，你到底留戀山裏的啥？桃桃還不甘心。春兒。田地。田地春兒……
>
> 浩成的話那麼輕，桃桃還是聽清了，忽地感到心衰力怯，一個深深眷戀著家鄉姑娘和故山故土的年輕漢子就有九條牛也拉不轉身啊。委屈的淚水在眼眶裏打轉，她心一硬，從底櫃裏拿出一瓶正宗五糧液，瞪著他說，浩成，拿去喝，反正我是爲你留的。你提一個錢字，我就摔了它！下場把你那個春兒帶來吃頓飯，讓桃桃看，她到底比桃桃強多少。喝喜酒莫忘了請老同學，我沒啥厚禮送你們十桌席……
>
> 桃桃，桃桃桃桃……

浩成，你莫說啥，我們同學還是同學朋友還是朋友。桃桃擰開酒瓶猛灌一口嗆得淚花直滾，咳咳咳。

雁寧的這個短篇小說〈牛販子山道〉的中心思想，是喚醒人們熱愛土地。「哪個好好待它，它就給哪個黃金一樣的糧食。」獨漢的話，結合了浩成和春兒的戀情，彷彿是一首田園交響樂，在我們的耳畔迴盪。作者描寫春兒見到浩成牽牛回鄉的歡樂情景，令人怦然心動：

丈多高的山岩春兒都敢跳，撲上來就像葛藤一樣把他纏緊，格格的浪笑連同野花香氣直往他心裏鑽。浩成哥浩成哥，春兒把你想死了想死了。春兒的眼紅得像兩朵花，水汪汪的又可愛又可憐。哞哞——牛們見了青草坡也撒歡撒野。叮叮咣咣的鈴鐺響作一團。春兒春兒，鬆開我鬆開我，有話講哩。有位大爺硬要送我一條牛……

二十六、劉震雲〈塔鋪〉

我國是一個擁有八億農民的國家，若想提高農民的文化水準，讓廣大農民在思想意識上達到現代化要求，確是一件艱難的工作。看了劉震雲的短篇小說〈塔鋪〉，有位農民王全說：「我本不想來湊熱鬧，都有老婆的人了，還拉扯著倆孩子，上個什麼學？可看到地方上風氣恁壞，貪官汚吏盡吃小鷄，便想來複習，將來一旦考中，放個州府縣官啥的，也來治治這些人。」原來到如今農民的腦筋依舊停滯在十八世紀時代，抱著學而優則仕的準則，若想當官必須通過升學的窄門。這種觀念海峽兩岸是一樣的。

那位可憐的、望子成龍的老農民，爲了給兒子到汲縣去借一冊《世界地理》，來回跑了一百八十里路。「鞋幫已開了裂，裂口處，洇出一片殷紅殷紅的東西」，原來跑成了「血腳」。兒子考試那天，「毒日頭下，坐在一個磚頭蛋上，眼巴巴望著考場。」兒子一出場，趕緊把煮熟的鷄蛋送上去，怕兒餓著。兩天考完，他告訴老農民考得不錯，至少可以進普通大學。

平生第一次，一個老農，像西方人一樣，把兒子緊緊地擁抱在懷裏，顚三倒四地說：

「這怎麼好，這怎麼好。」然後放開我，「嘿嘿」亂笑。

這篇小說塑造的教師馬中，非常成功。這個四十多歲，胡瓜臉，愛挖苦人。剛上第一課，馬中就不陰不陽、不冷不熱地說：「好，好，又來了，又坐在了這裏。列位去年沒考中，照顧了我今年的飯碗，以後還望列位多多關照。」接著點名，馬中作了結論：「名字起得都不錯」。考試那天，馬中耀武揚威地講話，「現在可是要大家的好看了。考不上丟人，但違反紀律被人攞胡出去——就裏桿草埋老頭，丟個大人！」等收試卷鐘聲一響，馬中又在嚴厲地詐唬：「不要答了，不要答了，把卷子反扣到桌子上！能不能考上，不在這一分鐘，熱鍋炒螞蟻，再急著爬也沒有用！」

劉震雲〈塔鋪〉中的教師馬中，在現實生活中確有不少類似的原型人物，他們因爲長期從事教育工作，工資低、工作累，所以時常流露出倦怠不滿情緒。

這場考試臨結束，前邊又發生了騷亂。這次是「耗子」。馬中站在他面前，看他的答卷。看了一會兒，猛然把考卷從他手中搶過，怒目圓睜；

「你這是答的什麼題，這就是你的方程式嗎？你搗的什麼亂，啊!?」

幾個監考老師紛紛問；

「怎麼了，寫了反標嗎？」

馬中說；「反標倒不是反標，但也夠搗亂的！我念給你們聽聽。」接著拖著長音念；

「黨中央，教育部：我懷著激動的心情，給你們寫信。卷上的考題我不會答，但我的心，是向著你們的。讓我上大學吧，我會好好爲人民服務……這叫什麼？你以爲現在還能當張鐵生啦？……」

劉震雲筆下的農村，依舊是貧困、落後，這是不可諱言的事實。許多青年從農村帶了「饃袋」，在「四面透風」的教室聽課，在「四面透風」的宿舍睡覺，爲了抵禦夜間冷風，兩人鑽一個被窩，分兩頭睡，叫「打老騰」，這大抵是豫北的方言。開課沒幾天，王全就被老婆罵回去，說家裏斷炊，兩個孩子餓得「嗷嗷」叫。「磨桌」窮得吃不飽飯，躲在厠所後面去燒蟬吃。女同學李愛蓮家「三間破茅屋，是土垜，歪七扭八」，她一面複習功課，準備考大學，還抽空割草賣錢，維持學費。

有一次，李愛蓮的爹患胃病，作者去看望，兩人一同回學校。這段文字精彩動人：

黑夜茫茫，夜路如蛇。我騎著車，李愛蓮坐在後支架上。走了半路，竟是無話。突然，我發現李愛蓮在抽抽嗒嗒地嗚咽，接著用手抱住了我的腰，把臉貼到我後背上，叫了一聲：

「哥……」

我不禁心頭一熱，眼中湧出了淚。「坐好，別摔下來。」我說。我暗自發狠：我今年一定要努力，一定要考上。

這段文字給予我們的概念是：若想解決貧窮面貌，只有考上大學，尋找到工作，「放個州府縣官啥的」，將來再和李愛蓮成婚，過起甜蜜幸福生活。這種故事情節豈不和繡圖古典小說上的大同小異嗎？所不同的，那是十八世紀封建的中國，現在卻是二十世紀八十年代社會主義制度下的中國。

李愛蓮在距離考試前幾天，父親病重，只得返家。誰知她爹一到新鄉就吐血，沒五百元人家不讓住醫院。有個王莊暴發戶說，只要李愛蓮嫁給他，他就出醫療費。人命關天，李愛蓮只得嫁了一個沒有愛情的男人，這也是不足爲奇的小說題材。但是，發生在農村改革的時期，這卻是值得重視的問題。

愛蓮順著河堤追來送我。送了二里路，我讓她回去。我說：

「妹妹，回去吧。」

她突然伏到我肩頭，傷心地、「嗚嗚」地哭起來。又扳過我的臉，沒命地、不顧一切地吻著，舐著，用手摸著。

「哥，常想著我。」

我忍住眼淚，點點頭。

「別怪我，妹妹對不起你。」

這是一句強烈的愛、眞誠的愛的語言。「妹妹對不起你」，竟使我這個生活在海外的人，熱淚盈眶。這句感人肺腑的語言，代表了中國農民強烈的感情，這是世界上任何民族所罕有的偉大品質。這也是現代文明社會罕見的質樸，眞摯的話。

我們忍不住吶喊：「李愛蓮啊，是他們對不起你！」

二十七、楊永鳴〈甜的鐵，腥的鐵〉

楊咏鳴的短篇小說〈甜的鐵，腥的鐵〉，塑造了一位女工人的英雄形象，不但沒有政治口號，而且表現內容豐富，人情味濃，這是作者深入生活的具體成果。

從十八歲進了工廠當工人，她幹了二十四年鋼鐵工人，夜以繼日和甜的鐵、腥的鐵打交道；她後來連吃飯也覺得酸味，這酸味是從鋼鐵中傳送到她鼻孔中的。如果沒有長期的工廠生活體驗，是難以捕捉到這種氣體的。

作者有一段描寫非常傳神，而且別緻：

她迅速脫光了衣服，像青蛙一樣嗤溜一聲鑽進被窩。丈夫又一次強烈地腐蝕她。把極酸的液體注入她的身體。

她摸著丈夫鬆弛的肌肉說：「有一股酸味。」

丈夫說：「是你身上的汗酸，你趕上打膩的老母豬了。」

她張開牙齒狠狠咬住丈夫，用鼻子哼哼。

作者創造的這位鋼鐵工人，她每天在嘈雜的工廠勞動，只要用手觸摸到沉重的鋼鐵，就能感覺得到它的甜味。她手握鉚槍，眼看那根燒紅的鉚釘在鉚槍擊打下迅速縮短，頭部變成圓溜溜的帽兒，把大拉條和小拉條鉚合一起。長年在鐵工廠勞動，她對於那些赭紅、鋼藍、黝黑的鋼鐵，非常喜愛，在她眼睛裏它們都閃耀著銀子般的光芒。

當她初次來到此地，這裏是一片荒漠的白地。許多從關內來的工人，穿着挽襠棉褲，携帶妻兒，來此勞動。她找到了丈夫，「當時他正蹲在地上擺弄一種挖煤的機器，機器卸開來了，丈夫兩手油污，把一塊咯咯發笑的鐵零件扔起來又接住，扔起來又接住。」這是她初次聽到的鐵的聲音，讓她從此和鐵結下了不解之緣。

她和丈夫在離機器不遠的地方搭了兩間小屋，一共用了七百多塊大土坯，十幾捆樹枝。她第一個早晨從小房子裏出來時，面孔血紅，怕涼、怕風，羞得連氣都喘不上來：她想到人們一定會猜出她和丈夫在房子裏幹的事情。那種事情簡直驚天動地。此後她三次驚天動地地嚎叫，在小房子裏生了兩個男孩，一個女孩。

作者創造的這位從山東農村來的婦女，能吃苦耐勞，渾身有使不盡的力氣。她在工廠掄起大錘，一口氣能砸一百多下，把鐵條砸斷。看見像嬰兒牙齒般晶亮的斷口，她忍不住用舌頭舐一下，誰知鐵條立刻咬住了舌頭，連皮帶肉撕下一大塊，害得她一個星期不敢咬煎餅。像這樣勇敢肯幹的工人，她怎麼不創造出奇蹟呢！

楊咏鳴在這篇小說中，曾這樣描述這位女工人的堅強性格：

在生第一個孩子之前，她兩天兩夜沒有睡覺，坐在煎餅鏊子前面不住地攤煎餅。第三天早晨，丈夫下班時，看見一摞摞煎餅堆滿了半個屋子，直頂到屋頂上。那時她正劈開雙腿，把一個哇哇亂叫的孩子從腿襠中間拽出來。她和丈夫一天天地吃煎餅，孩子一滿月，她就說：「帶我去幹活！」

我是山東人。山東農村以煎餅作爲主食。它用小米、玉米或高粱碾成糊狀，舀上一勺，迅速地在燒熱的鏊子上攤成又薄而均勻的圓形煎餅。這位婦女攤了「半個屋子」煎餅，爲的是怕丈夫餓著。然後再去生孩子。這種偉大的犧牲自我的精神，就是咱們中國農村婦女的傳統美德。孩子一到滿月，她就催促著丈夫：「帶我去幹活！」這是多麼讓人感到鼓舞而歡欣的話！這句話證明中國的農村婦女已經獨立自主，肩負起和男人同樣的任何勞動，這是多麼令人喜極而泣的進步現象！

她在鐵工廠一口氣勞動了二十四年，二十四年沒回過山東老家。她把住了二十多年的土坯房扒掉，用廢鐵作支架蓋上三間磚瓦房。她的勞動成果，受到各界的矚目，一個女記者採訪她，問她如何花這一萬五千元工資和超產獎金。她回答非常乾脆：「回關裏老家。」她回家了。買的是臥鋪票。

作者的這篇小說在結尾，寫出了這位女工人愛工廠、愛勞動的眞摯感情，這是從她心底流露出來的感情：

> 一個月以後，她臉上掛著東海岸的陽光返回了家屬廠。一進院子，她吃驚地站住了，那些礦車沒有拉走，女記者摸過的那個礦車輪子，仍在嗡嗡地空轉。她俯下身去，用滾燙的手撫摸著它，熱淚撲簌簌流下來……

後記

住在這座菲律賓南端的三寶顏市，彈指一揮間，已經一年了。這本《大陸新時期小說論》寫了七個月。我是去年一月中旬離開陰冷多雨的臺北市，飛抵這個被西班牙殖民主義者稱作「花城」的三寶顏。驕陽似火，走上街頭買點紙筆或點心回來，身上的汗衫、襯衣便被汗汁浸濕，只得沖一個冷水浴，換上睡衣，才能回到裝有冷氣的書房寫作。

八十年代的十年，中國大陸文學發生翻天覆地的變化。傳統的寫實主義作品，有如農村半老徐娘，卻被改革開放後的摩登女郎奪去了光彩。可是那些只靠化粧和燈光陪襯的摩登女郎，有的不錯，而大多半並不端莊秀麗，同時身體正患有隱疾。我從臺北、香港和北京購進了六紙箱書刊，看遍了八十年代大陸上發表或出版的小說，有時禁不住悲從中來，直想抱頭大哭一場；但有時氣得雙目通紅，如同酒後魯智深，其想抓住那位小說家的腦袋，來個「倒拔垂楊柳」，才解除心頭之恨！常聽人說，「演員是瘋子，觀眾是傻子」，如今我把它改成「作家是瘋子，讀者是傻子」。

原想離開繁華嘈雜的臺北市，來到這人生地不熟的海角，效法《紅樓夢》裏的賈政，來此「村居養靜」。但是我既沒有賈老的雄厚家產，亦沒有賈老那種閒雲野鶴的人生觀。所謂「著書都爲稻粱謀」也者，雖不是一個庸俗的觀念，但從事學習作文的我，除了養家糊口以外，還妄圖對社會人羣作出一點貢獻。這雙重的包袱揹在身上，怎會像賈府的大老爺那般飄逸灑脫呢？

我所以要把這七個月的讀小說、寫論文的情形照實說出來，就是表明自己乃是抱著極其嚴肅而認眞的態度，選讀八十年代的中國大陸小說，進而寫作這本書的。過去四十多年，我一直蟄居臺灣，住在大陸上的這些小說家，從來無緣會面，所以我自認還算比較公正客觀些。只是我學養有限，錯誤之處，還請方家賜予指教。

一九九二年二月・三寶顏

滄海叢刊書目

國學類

中國學術思想史論叢(一)～(八)	錢　穆　著
現代中國學術論衡	錢　穆　著
兩漢經學今古文平議	錢　穆　著
宋代理學三書隨劄	錢　穆　著
先秦諸子繫年	錢　穆　著
朱子學提綱	錢　穆　著
莊子纂箋	錢　穆　著
論語新解	錢　穆　著

哲學類

文化哲學講錄(一)～(五)	鄔昆如　著
哲學十大問題	鄔昆如　著
哲學的智慧與歷史的聰明	何秀煌　著
文化、哲學與方法	何秀煌　著
哲學與思想	王曉波　著
內心悅樂之源泉	吳經熊　著
知識、理性與生命	孫寶琛　著
語言哲學	劉福增　著
哲學演講錄	吳　怡　著
後設倫理學之基本問題	黃慧英　著
日本近代哲學思想史	江日新　譯
比較哲學與文化(一)(二)	吳　森　著
從西方哲學到禪佛教——哲學與宗教一集	傅偉勳　著
批判的繼承與創造的發展——哲學與宗教二集	傅偉勳　著
「文化中國」與中國文化——哲學與宗教三集	傅偉勳　著
從創造的詮釋學到大乘佛學——哲學與宗教四集	傅偉勳　著
中國哲學與懷德海	東海大學哲學研究所主編
人生十論	錢　穆　著
湖上閒思錄	錢　穆　著
晚學盲言(上)(下)	錢　穆　著
愛的哲學	蘇昌美　著
是與非	張身華　譯
邁向未來的哲學思考	項退結　著

現代藝術哲學	孫旗譯
現代美學及其他	趙天儀著
中國現代化的哲學省思	成中英著
不以規矩不能成方圓	劉君燦著
恕道與大同	張起鈞著
現代存在思想家	項退結著
中國思想通俗講話	錢穆著
中國哲學史話	吳怡、張起鈞著
中國百位哲學家	黎建球著
中國人的路	項退結著
中國哲學之路	項退結著
中國人性論	臺大哲學系主編
中國管理哲學	曾仕強著
孔子學說探微	林義正著
心學的現代詮釋	姜允明著
中庸誠的哲學	吳怡著
中庸形上思想	高柏園著
儒學的常與變	蔡仁厚著
智慧的老子	張起鈞著
老子的哲學	王邦雄著
逍遙的莊子	吳怡著
莊子新注（內篇）	陳冠學著
莊子的生命哲學	葉海煙著
墨家的哲學方法	鐘友聯著
韓非子析論	謝雲飛著
韓非子的哲學	王邦雄著
法家哲學	姚蒸民著
中國法家哲學	王讚源著
二程學管見	張永儁著
王陽明——中國十六世紀的唯心主義哲學家	張君勱原著、江日新中譯
王船山人性史哲學之研究	林安梧著
西洋百位哲學家	鄔昆如著
西洋哲學十二講	鄔昆如著
希臘哲學趣談	鄔昆如著
近代哲學趣談	鄔昆如著
現代哲學述評㈠	傅佩榮編譯

當代西方哲學與方法論	臺大哲學系主編
人性尊嚴的存在背景	項退結編著
理解的命運	殷　鼎　著
馬克斯·謝勒三論	阿弗德·休慈原著、江日新　譯
懷海德哲學	楊士毅　著
洛克悟性哲學	蔡信安　著
伽利略·波柏·科學說明	林正弘　著
宗教類	
天人之際	李杏邨　著
佛學研究	周中一　著
佛學思想新論	楊惠南　著
現代佛學原理	鄭金德　著
絕對與圓融——佛教思想論集	霍韜晦　著
佛學研究指南	關世謙　譯
當代學人談佛教	楊惠南編著
從傳統到現代——佛教倫理與現代社會	傅偉勳主編
簡明佛學概論	于凌波　著
圓滿生命的實現（布施波羅密）	陳柏達　著
薝蔔林·外集	陳慧劍　著
維摩詰經今譯	陳慧劍譯註
龍樹與中觀哲學	楊惠南　著
公案禪語	吳　怡　著
禪學講話	芝峯法師　譯
禪骨詩心集	巴壺天　著
中國禪宗史	關世謙　著
魏晉南北朝時期的道教	湯一介　著
社會科學類	
憲法論叢	鄭彥棻　著
憲法論衡	荆知仁　著
國家論	薩孟武　譯
中國歷代政治得失	錢　穆　著
先秦政治思想史	梁啟超原著、賈馥茗標點
當代中國與民主	周陽山　著
釣魚政治學	鄭赤琰　著
政治與文化	吳俊才　著
中國現代軍事史	劉　馥著、梅寅生　譯
世界局勢與中國文化	錢　穆　著

中華文化十二講	錢　　穆　著
民族與文化	錢　　穆　著
楚文化研究	文崇一　著
中國古文化	文崇一　著
社會、文化和知識分子	葉啟政　著
儒學傳統與文化創新	黃俊傑　著
歷史轉捩點上的反思	韋政通　著
中國人的價值觀	文崇一　著
紅樓夢與中國舊家庭	薩孟武　著
社會學與中國研究	蔡文輝　著
比較社會學	蔡文輝　著
我國社會的變遷與發展	朱岑樓主編
三十年來我國人文社會科學之回顧與展望	賴澤涵　編
社會學的滋味	蕭新煌　著
臺灣的社區權力結構	文崇一　著
臺灣居民的休閒生活	文崇一　著
臺灣的工業化與社會變遷	文崇一　著
臺灣社會的變遷與秩序(政治篇)(社會文化篇)	文崇一　著
臺灣的社會發展	席汝楫　著
透視大陸	政治大學新聞研究所主編
海峽兩岸社會之比較	蔡文輝　著
印度文化十八篇	糜文開　著
美國的公民教育	陳光輝　譯
美國社會與美國華僑	蔡文輝　著
文化與教育	錢　　穆　著
開放社會的教育	葉學志　著
經營力的時代	青野豐作著、白龍芽　譯
大眾傳播的挑戰	石永貴　著
傳播研究補白	彭家發　著
「時代」的經驗	汪琪、彭家發　著
書法心理學	高尚仁　著

史地類

古史地理論叢	錢　　穆　著
歷史與文化論叢	錢　　穆　著
中國史學發微	錢　　穆　著
中國歷史研究法	錢　　穆　著
中國歷史精神	錢　　穆　著

國史新論	錢　穆　著
秦漢史	錢　穆　著
秦漢史論稿	邢義田　著
與西方史家論中國史學	杜維運　著
中西古代史學比較	杜維運　著
中國人的故事	夏雨人　著
明朝酒文化	王春瑜　著
共產國際與中國革命	郭恒鈺　著
抗日戰史論集	劉鳳翰　著
盧溝橋事變	李雲漢　著
老臺灣	陳冠學　著
臺灣史與臺灣人	王曉波　著
變調的馬賽曲	蔡百銓　譯
黃帝	錢　穆　著
孔子傳	錢　穆　著
唐玄奘三藏傳史彙編	釋光中　編
一顆永不殞落的巨星	釋光中　著
當代佛門人物	陳慧劍編著
弘一大師傳	陳慧劍　著
杜魚庵學佛荒史	陳慧劍　著
蘇曼殊大師新傳	劉心皇　著
近代中國人物漫譚・續集	王覺源　著
魯迅這個人	劉心皇　著
三十年代作家論・續集	姜　穆　著
沈從文傳	凌　宇　著
當代臺灣作家論	何　欣　著
師友風義	鄭彥棻　著
見賢集	鄭彥棻　著
懷聖集	鄭彥棻　著
我是依然苦鬥人	毛振翔　著
八十憶雙親、師友雜憶（合刊）	錢　穆　著
新亞遺鐸	錢　穆　著
困勉強狷八十年	陶百川　著
我的創造・倡建與服務	陳立夫　著
我生之旅	方　治　著
語文類	
中國文字學	潘重規　著

中國聲韻學	潘重規、陳紹棠 著
訓詁通論	吳孟復 著
翻譯新語	黃文範 著
詩經研讀指導	裴普賢 著
陶淵明評論	李辰冬 著
鍾嶸詩歌美學	羅立乾 著
杜甫作品繫年	李辰冬 著
杜詩品評	楊慧傑 著
詩中的李白	楊慧傑 著
司空圖新論	王潤華 著
詩情與幽境——唐代文人的園林生活	侯迺慧 著
唐宋詩詞選——詩選之部	巴壺天 編
唐宋詩詞選——詞選之部	巴壺天 編
四說論叢	羅盤 著
紅樓夢與中華文化	周汝昌 著
中國文學論叢	錢穆 著
品詩吟詩	邱燮友 著
談詩錄	方祖燊 著
情趣詩話	楊光治 著
歌鼓湘靈——楚詩詞藝術欣賞	李元洛 著
中國文學鑑賞舉隅	黃慶萱、許家鶯 著
中國文學縱橫論	黃維樑 著
蘇忍尼辛選集	劉安雲 譯
1984	GEORGE ORWELL原著、劉紹銘 譯
文學原理	趙滋蕃 著
文學欣賞的靈魂	劉述先 著
小說創作論	羅盤 著
借鏡與類比	何冠驥 著
鏡花水月	陳國球 著
文學因緣	鄭樹森 著
中西文學關係研究	王潤華 著
從比較神話到文學	古添洪、陳慧樺主編
神話卽文學	陳炳良等譯
現代散文新風貌	楊昌年 著
現代散文欣賞	鄭明娳 著
世界短篇文學名著欣賞	蕭傳文 著
細讀現代小說	張素貞 著

現代詩學　蕭　　蕭　著
詩美學　李元洛　著
詩學析論　張春榮　著
橫看成嶺側成峯　文曉村　著
大陸文藝論衡　周玉山　著
大陸當代文學掃瞄　葉穉英　著
走出傷痕——大陸新時期小說探論　張子樟　著
兒童文學　葉詠琍　著
兒童成長與文學　葉詠琍　著
增訂江皋集　吳俊升　著
野草詞總集　韋瀚章　著
李韶歌詞集　李　　韶　著
石頭的研究　戴　　天　著
留不住的航渡　葉維廉　著
三十年詩　葉維廉　著
讀書與生活　琦　　君　著
城市筆記　也　　斯　著
歐羅巴的蘆笛　葉維廉　著
一個中國的海　葉維廉　著
尋索：藝術與人生　葉維廉　著
山外有山　李英豪　著
葫蘆・再見　鄭明娳　著
一縷新綠　柴　　扉　著
吳煦斌小說集　吳煦斌　著
日本歷史之旅　李希聖　著
鼓瑟集　幼　　柏　著
耕心散文集　耕　　心　著
女兵自傳　謝冰瑩　著
抗戰日記　謝冰瑩　著
給青年朋友的信(上)(下)　謝冰瑩　著
冰瑩書柬　謝冰瑩　著
我在日本　謝冰瑩　著
人生小語(一)～(四)　何秀煌　著
記憶裏有一個小窗　何秀煌　著
文學之旅　蕭傳文　著
文學邊緣　周玉山　著
種子落地　葉海煙　著

向未來交卷	葉海煙 著
不拿耳朵當眼睛	王讚源 著
古厝懷思	張文貫 著
關心茶——中國哲學的心	吳怡 著
放眼天下	陳新雄 著
生活健康	卜鍾元 著
美術類	
樂圃長春	黃友棣 著
樂苑春回	黃友棣 著
樂風泱泱	黃友棣 著
談音論樂	林聲翕 著
戲劇編寫法	方寸 著
戲劇藝術之發展及其原理	趙如琳譯著
與當代藝術家的對話	葉維廉 著
藝術的興味	吳道文 著
根源之美	莊申 著
中國扇史	莊申 著
立體造型基本設計	張長傑 著
工藝材料	李鈞棫 著
裝飾工藝	張長傑 著
人體工學與安全	劉其偉 著
現代工藝概論	張長傑 著
色彩基礎	何耀宗 著
都市計畫概論	王紀鯤 著
建築基本畫	陳榮美、楊麗黛 著
建築鋼屋架結構設計	王萬雄 著
室內環境設計	李琬琬 著
雕塑技法	何恆雄 著
生命的倒影	侯淑姿 著
文物之美——與專業攝影技術	林傑人 著